Chara

鬼の王を呼べ

鬼の王と契れ2

高尾理一

キャラ文庫

この作品はフィクションです。
実在の人物・団体・事件などにはいっさい関係ありません。

目次

口絵・本文イラスト／石田　要

1

暗がりのなか、ライトアップされた紅葉は見事だった。カエデやイチョウなどの木々の葉が赤、黄、緑と鮮やかに色づいている。

夜空に浮かぶのは半円の月。鏡のようにすべてを映し取っている池の水面が、風に吹かれて細かに揺らぐ。

青空の下、太陽の光で煌《きら》めく紅葉も美しいが、照明に照らしだされた夜の紅葉も美しい。

「綺麗《きれい》だなぁ……」

えもいわれぬ幻想的な光景に、鴇守《ときもり》は心を奪われかけ、すぐに気を引き締めた。

ここは紅葉の観光スポットとして有名な庭園だが、電車とバスを乗り継ぎ、二時間もかけてやってきた目的は、紅葉狩りではない。

鬼退治である。

古来より鬼を使役して不可能を可能にしてきた矢背《やせ》一族、最年少にして偉才の鬼使いとなった矢背鴇守と、最強の使役鬼である夜刀《やと》に課せられた仕事だ。

鴇守はインターネットを駆使し、最近この庭園で原因不明の怪我《けが》をする人が多発していて、密《ひそ》かなオカルトスポットになりつつあるという情報を摑《つか》んだ。

「怪しいところには鬼がいる……はずだ。たぶん。きっと。今日こそは、退治してみせる。いや、退治してもらう、夜刀に！」

鴇守は拳を握り、気合を入れた。

怪我をした人たちは外灯の明かりが届かない、観光客のほとんどが足を延ばさない寂しい場所で被害に遭っていた。恋人同士というものは、人がいない野外でいろいろやりたいことがあるようだ。

鴇守もそんな場所を選んで、夜刀と潜んでいる。

鬼は普通の人間の目には見えず、人間の血肉を好んで食らう。

ネット情報によると、ここでの被害はまだ軽微なものばかりだったが、いずれ命に関わる大怪我をするものが出てくるかもしれない。

「風が出てきたな。寒くねぇか？　もっと分厚い上着、出してやろうか？」

十一月下旬に、虎柄の腰巻一丁という全裸に近い格好の夜刀が、鴇守を気遣った。怪我をしても痛みを感じない鬼は、暑さ寒さも感じないらしい。

しかし、鬼退治に燃えている鴇守との温度差は激しかった。

「寒くはない。気合が漲《みなぎ》ってるからな。いいか、夜刀。俺はここで鬼が出てくるのを待つ。お前はそれまでどこかへ隠れてろ。鬼に気づかれない場所に行くんだぞ」

「いやだ」

身長二メートル弱、頭に白い二本の長い角を生やし、猫に似た瞳孔の金色に輝く瞳と、鋭く尖《とが》った手足の爪を持つ、逞《たくま》しくも凛々《りり》しい鴇守の鬼は、仁王立ちして、鴇守のそばから一歩も動かない構えである。

鴇守は主《あるじ》らしく、毅然《きぜん》と命じた。

「いやでも行きなさい。お前みたいに強い鬼がそばにいたら、ほかの鬼が怖がって寄ってこない。俺には鬼を惹《ひ》きつけるという鬼退治にうってつけの力があるのに、お前のせいでなんの意味も持たなくなってる。俺は今日こそ、鬼退治がしたい。鬼退治がしたい！」

気持ちが前のめりになって、二度繰り返してしまった。

鬼の棲《す》みかは六道《ろくどう》の辻《つじ》と呼ばれる異界で、人間界との境には障壁があり、互いの住人は行き来できないようになっている。

にもかかわらず、夏ごろから、人間界に出現する鬼の数が急増しているらしく、鴇守と夜刀は矢背一族を束ねる本家当主の正規《まさのり》から、鬼退治をやれと命じられた。

すでに三ヶ月もこの任務に専従しているが、討伐数はゼロ。鴇守の気も焦るというものだ。

「どんな鬼でも惹きつけるような力は、なくていいんだよ、鴇守。お前が惹きつけていい鬼は、俺だけなんだから」

「お前に退治してほしくて、誘《おび》き寄せようとしてるんだ。俺だって、お前以外の鬼なんか見たくないよ。でも、しょうがないだろ」

「見たくないなら、見なきゃいいじゃねぇか」

「そういうわけにはいかないの。俺は矢背の鬼使いだ。お前は俺の使役鬼なんだから、主の言うことを聞いて、ちゃんと仕事をしなさい」

「いやだ。鬼を見つけたら、そりゃ退治するさ。でもお前を囮《おとり》にするのは絶対にいやだ」

ぷいっとそっぽを向いてしまった夜刀を、鴇守は困った顔で見上げた。

毎日、同じやりとりの繰り返しだった。

矢背の鬼使いの始祖は、平安時代の陰陽師《おんみょうじ》と、その妻となった雌鬼との間に生まれた矢背秀《ひで》守《もり》である。鬼とのハーフゆえに、秀守はよく鬼を視《み》、これを使役して都の怪異を鎮め、人々を救い、鬼使いと異名を取った。

秀守の子孫もまた鬼使いとなったが、人間と交わることで鬼の血は年々薄れゆき、鬼使いの数は減少し、能力も弱まっていくばかりで、鴇守より若い鬼使いは生まれていない。

鴇守自身も能力が低い鬼使いで、一族の役にも立たないみそっかす扱いされていた。

ところが、鴇守には無数の鬼を惹きつけ、使役すら可能にする先祖返りの力があることがわかった。この力を鬼退治に利用できれば、まさに鬼に金棒なのに、嫉妬《しっと》深く、独占欲の強い夜刀は、鴇守を一目たりともほかの鬼に見せたくないと反対し、折れてくれない。

夜刀をどうにかして説得できないか首を捻《ひね》ったとき、バンとなにかが破裂する音と、観光客のざわめきが空気に乗って届いた。

「……！　鬼が出たのかも。ちょっと見てくる！」

飛びだそうとした鴇守を、夜刀が引き止めた。

「待て！　俺が行く。お前は近づくな」

言うなり、夜刀は音がしたほうへ駆けていった。

鬼の夜刀が人の群れに割りこんでも誰も見えないし、気づかない。その場で、人間を襲う鬼を退治したとしても、誰にもわからない。

そわそわしながら、ふと見上げた空に、白い鳥が飛んでいた。ちょうど半円の月の前を横切ったので、見えたのだ。

夜行性の鳥だろうか。なんとなく目を引かれて、飛んでいく先を目で追ったが、夜空にまぎれて見失ってしまった。

夜刀はまだ戻らない。待ちかねて一歩前に踏みだしたとき、ズボンがなにかに引っかかり鴇守は視線を下げた。

鬼がいた。

目が合った。

全長五十センチほどの小鬼が、ズボンの裾をきゅっと握ってはにかんでいる。はにかんではいるが、上目遣いでしっかりと鴇守を見つめている。

「わぁっ！」

鴇守は思わず、悲鳴をあげた。

「なんだ！　どうした、……なにしてくれてんだ、てめぇ！」

瞬時に風のように舞い戻った夜刀は、小鬼に気づくと、ドスの効いた声で怒鳴りながら愛用の刀を振り上げた。夜刀の身長ほどもある大刀《だいとう》である。

大鬼の夜刀に対しては無力に思える小鬼だが、逃げ足だけは速かったのか、刃が肉体を断ち切る前に姿を消した。

「くそっ、逃げやがった！　鴇守、無事か？　どこも怪我してないか？」

夜刀は鬼を追いかけはせずに、鴇守を気遣い、ぎゅっと抱き締めた。

呆然《ぼうぜん》とした体で、鴇守は頷《うなず》いた。ズボンの裾を引っ張られるまで、鬼が足元にいたことにまったく気がつかなかった。

「……うん。いきなり現れたから、びっくりした。もしかして、夜刀が俺から離れるのを待ってたのかな。向こうの騒ぎはなんだった？」

「どっかの馬鹿が爆竹を鳴らして、騒ぎになったみたいだ。鬼じゃなかった。馬鹿な人間どもがとんだ手間取らせやがって。おかげで鴇守が浮気するとこだったじゃねぇか」

「鬼が一方的に寄ってくるだけで、浮気じゃないぞ」

鴇守は夜刀の脇腹を、むにっと抓《つね》った。夜刀にかかれば、ほかの鬼とのコンタクトはすべて浮気に分類されてしまう。

「ここに来た人たちに悪さをしてたのって、さっきの鬼だと思うか？」

「わかんねぇ」

「あの鬼が犯人だったら、取り逃がしてしまった。なにがなんでも退治しないと。俺が一人になったら、また寄ってくるかもしれない。夜刀、もう一回俺から離れて……」

「絶対にいやだ！」

　夜刀の拒絶は早かった。見上げれば、まるで離れたらもう二度と会えないと思っているかのような悲壮な顔をしている。

「口が酸っぱくなるほど言ったけど、これはやらなきゃいけない仕事なんだ。俺と離れるのがいやなら、その張って迸《ほとばし》りまくってる最強オーラをちょっと引っこめてさ、せめて滲《にじ》みでる程度に縮小して、弱く見せてほしい。俺という釣り針で鬼が釣れるように」

「釣らせたくねぇ！」

「もう！　お前がそんなじゃ、いつまで経っても仕事にならないよ」

　鴇守が尖らせた唇に、夜刀はちゅっと口づけた。

「な、なにして……！」

「唇を突きだしたから、キスしたいのかと思って。仕事にならないなら、今日の任務は終了にして、せっかくだから紅葉狩りでもして帰ろうぜ。ここんとこ、鬼退治にあくせくしててデートする暇もなかったし。な？　そうしよう！」

ナイスアイデアを思いついたとばかりに、夜刀が俄然《がぜん》いきいきしだして叫んだ。

「……」

思わず地面に突っ伏して、泣きたくなった鴇守である。

よもや、この状況でキスをされ、デートに誘われようとは。

鴇守だって、人間に化けた夜刀と友人のように、あるいは恋人のように一緒に出かけるのは好きだし、楽しい。けれど、仕事を完遂しないまま遊ぶなんて、考えられなかった。

十五歳のときからほぼ六年、鬼使いとして働いてきた責任感というものがある。

鴇守は夜刀を見上げ、きっぱりと言った。

「さっき取り逃がした鬼を退治するまでは、デートはお預けだ」

「ええっ！」

「当然だろ。デートしたかったら、まず鬼退治。お前はあまりにも強すぎるよ、夜刀。弱い鬼のふりじゃなくても、少しの間だけ完全に気配を消すとかさ、できないかな?」

「できるけど、しない。俺は俺以外の鬼に、お前を見られたくねぇんだ。お前が俺以外の鬼を見るのもいやだ。お前は俺だけのものなんだから！」

拳を握って力説する夜刀のオーラが、いっそう強く輝きを放った。

マグマが噴きだす火口へ飛びこむ人間がいないように、夜刀の存在と殺気に気づいた鬼たちは一目散に逃げていくだろう。

鬼使いと使役鬼は相思相愛の主従関係にあり、仕事の段取りを考えるのは主である鬼使いで、使役鬼は主に命じられたことを忠実に実行する。

失敗すれば、無能と判断されるのは鬼使いだった。

鴇守と夜刀も、鬼退治を命じられるまではうまくやっていた。鬼退治以前の仕事は、失《う》せものの捜しや書類の盗み見、足留め工作など簡単なものばかりで、罪悪感で落ちこんだりもしたが、失敗したことは一度もない。

前の仕事に戻してほしいとは思わないけれど、あのころはそれなりに充実していた。なにより、夜刀がよく働いてくれた。

それが今は連戦連敗、成功への道が見えない。

「……小鬼のお前にもう一度会いたい。猫みたいに小さくて、俺の腕に巻きついたり、膝《ひざ》に乗ったりしてきた可愛《かわい》らしい小鬼のお前が懐かしいよ」

鴇守はしょんぼりして、小さな声で呟《つぶや》いた。

ほんの四ヶ月前まで、夜刀は四十センチの小鬼だった。

鴇守が大きな鬼を怖がるから、必死になって身体《からだ》を縮め、力も弱くして小鬼のふりをして鴇守を騙《だま》していたのだ。

「悲しい顔をするなよ、鴇守。小鬼の俺は、お前の記憶のなかで生きつづけてる。大きい俺でも腕は組めるし、お前の膝にだって乗れるんだぜ?」

「大きいのはお座り禁止。そろそろ、記憶から現実に飛びだしてきてもいいころじゃないか？　なぁ夜刀、四十センチ時代に戻ってみよう」

夜刀はいやそうな顔をした。

「戻るって、あれこそが偽りの姿なんだよ。十六年ぶりに今の姿にやっと戻れたのに、なんでまた小鬼の殻なんか被《かぶ》らなきゃならねぇんだ。お前はもう大きな俺を怖がらない。それに、簡単に言うけど、小さくなるのってけっこう疲れるんだぜ」

夜刀の言い分はわかるけれど、鴇守が五歳から二十一歳まで成長する過程でつねにそばにあった、馴染《なじ》みある小鬼の姿を少しくらい見せてくれてもいいと思う。それが仕事上でも役に立つなら、一石二鳥ではないか。

「でも、その小鬼の殻を、お前は十六年も被ってた。苦しそうにも、疲労困憊《こんぱい》してるようにも見えなかったぞ」

「縮めるときが大変なんだよ。それに、小鬼だとなにかと不便だし。お前といちゃいちゃできないっていうか、べたべたするのにも限界があった」

「充分、べたべたしてただろ！　小鬼のときも、お前は俺に好き放題してたぞ。報酬以外でもキスばっかりしてくるし、寝てる俺の服のなかに潜りこんできて、ち、乳首を触ったり……下着のなかに潜りこんで、その、俺の……にいたずらしたりして、俺が怒っても拳骨《げんこつ》落としても、懲りずに繰り返してたじゃないか」

鴇守は仰天して、過去の所業を夜刀に思い出させた。

「お前に触りたかったんだ。お前が可愛すぎるのが悪い。鴇守とチューすると、むらむらしてきてあちこち舐《な》めたり摘《つま》んだりしちまうんだけど、お前はすぐに怒って、俺を猫みたいに服のなかから摘みだしてた。俺はいっつも不満だった」

あれだけやっておいて、まだ不満だったのか、と咄嗟《とっさ》に言いかけたが、鴇守はぐっと堪《こら》えて、甘い声を出した。

「もし小鬼になってくれたら、好きなだけ俺にいたずらしていいよ。お前が満足するまで邪魔しないし、怒らないって約束する。それでさ、一緒に鬼退治をしよう。小鬼のお前が大きな鬼を簡単にやっつけるところが見たい。すごく格好いいと思う。惚《ほ》れなおしたりして」

夜刀は一瞬ぐらついた。——ように見えたが、悪魔の誘惑には屈さないとばかりに、ぶるぶると首を横に振った。

「だ、駄目だ！　俺は惑わされねぇ。たしかに、パンツのなかに潜りこんでお前の可愛いナニにしがみついて添い寝するのは楽しかった。……うん、本当に楽しかったけど、お前を抱き締めて、全身を可愛がれる今のほうがもっといい。パンツのなかだけじゃなく、お前のなかにも入りたいんだ。それに、格好よさでいったら、大きい俺のほうが絶対に格好いい！　大は小を兼ねるって言うじゃねぇか」

頑として譲らない夜刀を、鴇守は睨《にら》んだ。

「小を兼ねてないからこそ、俺がこんなに頼んでるんだろ。お前の場合はむしろ、小のほうが大を兼ねてたよ、明らかに！」

「鴇守、落ち着けって……」

「夜刀は嘘《うそ》つきだ。俺の命令ならなんでも聞くし、俺の希望はなんでも叶《かな》えてやるって前に言ったくせに、仕事ができなくて困ってる俺を助けてくれない。夜刀の嘘つき、嘘つき」

しつこく重ねてなじると、夜刀は少々怯《ひる》んだものの、折れはしなかった。

「う、嘘じゃねぇよ……！　お前のためならなんだってしてやるけど、それとこれはべつだ。お前の囮作戦なんかに賛成できるかよ。とてつもなく強烈な魅力を持つ可愛い恋人が、クソ鬼ども相手のお見合いパーティに行くのを、快く送りだすやつがいるか？」

ひどいたとえに、鴇守はむかっときて言い返した。

「お見合いパーティってなんだ、俺を浮気ものみたいに言うな。鬼退治は遊びじゃない。傷つけられた人がいて、今後も危険があるから、俺たちが鬼退治を任されてるんだ。現に、ここに鬼が出た。ネットじゃ怪奇現象だなんて呼ばれてるけど、鬼が原因だって、俺たちにははっきりわかってる。もうこの際、お見合いパーティでもなんでもいいからやるぞ！」

「まだ若いのに、見合いをするのか？」

「えっ？」

会話の隙間に突然割りこんできた声に驚き、鴇守はまわりを見渡した。

鬼や魑魅魍魎《ちみもうりょう》、悪霊などを狩ることを生業《なりわい》にしている退魔師――星合豪徳《ほしあいごうとく》が、夜刀の斜め後ろに立ち、胡散《うさん》くさいものを見る目で夜刀と鴇守を見ていた。

「チッ、盗み聞きか、クソ退魔師が。俺と鴇守の邪魔をするんじゃねぇ」

夜刀はさっそく嚙《か》みついたが、鴇守の表情はみるみる明るくなった。

一ヶ月くらい前からずっと会いたいと思っていて、鬼が出没すると噂《うわさ》のある場所にいれば、会えるのではないかとも考えていた。

「お久しぶりです、星合さん。あの……」

鴇守の言葉を遮って、星合が言った。

「矢背の鬼使い。見合いもけっこうだが、サボらずにちゃんと仕事をしろ。前に会ったとき、矢背本家から鬼退治を命じられたと聞いたが、嘘だったのか？」

「嘘じゃないです。ずっと頑張ってます。でも、夜刀がご覧のとおり全力で威嚇《いかく》するので、鬼が逃げてしまって……」

星合はやれやれと肩を竦《すく》め、首を横に振った。

「そうだと思った。走って逃げる鬼を見つけたから、さっき狩っておいた」

「それって、五十センチくらいの、ワカメみたいにもじゃもじゃした頭をした小鬼ですか？」

「そんな鬼もいた。一匹じゃなかったからな」

鴇守は思わず、夜刀と顔を見合わせた。

星合が狩った鬼は、さっき夜刀と鴇守が取り逃がした鬼だろう。あの鬼だけは、なんとしてでも退治しておきたかったから、星合がいてくれてよかった。

しかし、ほかにも鬼がいたなんて。

「ここへ来た理由は同じのようだな。お前たちは何匹狩った？」

数十匹は狩っていて当然、みたいな言い方だった。

「……星合さん。お話ししたいことがあるので、お時間をいただけませんか」

「こんな景気の悪そうな退魔師に話したいこと？　なんだよそれ、聞いてねぇぞ。まずは俺に話せよ、俺に」

夜刀は親指で自分自身を指差して主張した。鴇守が下手に出て頼む様子から、対抗意識を刺激されたようだ。

「お前じゃ駄目なんだ。星合さんじゃないと」

「お、俺より、この退魔師のほうが頼りになるっていうのか……！」

「そのとおりだ。お願いします、星合さん！」

拝まんばかりにして鴇守が頭を下げると、星合はあっさりと了承してくれた。

「俺ならいいぞ、今からでも。頼りにならないらしいお前のポチが、ものすごい顔で俺を睨んでるが、手綱は握ってるんだろうな？」

夜刀は牙《きば》を剝《む》きながら、星合にガンを飛ばしていた。

身も凍る鬼のガンつけを、平然と受け止めている星合はすごいなと鴇守は感心したが、彼は鬼を狩るのが仕事の退魔師である。それくらいでなければ、夜刀をポチと呼んで犬扱いすることなどできないだろう。

「大丈夫です。ちゃんと言い聞かせます」

星合に向かって言ってから、鴇守は夜刀の耳を引っ張り、口を寄せて囁《ささや》いた。

「ほら夜刀、そんな顔をするな。ほかのところでは、ちゃんとお前を頼りにしてるって、知ってるだろ？　ずっと一緒にいるんだから。おとなしくするなら、明日は一日、仕事を休んでお前につき合ってやる」

「俺を頼りに？　しょうがねぇな。じゃあ明日は遊びに行こう……いや、おうちデートのほうがいいか。昼間から鴇守といちゃいちゃすんの、久しぶりだもんな。よし、決まりだ。我慢して、くたびれた退魔師のしけた面を拝んでやるよ」

いろいろ納得したのか、夜刀は尊大に頷いた。

声を潜めないので、くたびれた退魔師のしけた面と評された星合の眉間《みけん》に、ぐぐっと深い皺《しわ》が寄った。

「言っとくけど、失礼な発言はしないこと。横から口を挟んだり、無駄に喧嘩《けんか》を売ったり、うるさく騒いだりしたら、その約束は無効だからな。わかった？」

「へいへい」

約束を守るつもりがあるのか、非常に怪しい夜刀の返事ではあったが、とりあえず話はまとまり、三人は星合の車で移動することにした。

星合いわく、この庭園にはもう、夜刀以外の鬼の気配はないらしい。腹も減ったし、なにか食べながら話そうと言われ、一も二もなく鴇守は頷いた。

目的地のレストランに着き、車から降りたとき、夜刀は人間の姿になっていた。鬼の姿のままでは、会話に参加できないからだ。

角と牙が消え、尖った耳の先が丸くなり、瞳孔の形が違う金色の瞳が、普通の目になる。もちろん、服を着て、靴も履いている。

道行く人は、とくに女性のほとんどは、この夜刀を見たら振り返る。見慣れたはずの鴇守も、どきどきしてしまうくらい、格好いい。

完璧に化けているが、鬼のオーラは健在のままである。異界の存在を感知できる人が見れば、普通でないとはっきりわかるだろう。

店内に入り、食事をオーダーすると、星合がいきなり言った。

「ところで、矢背一族には陰陽師がいるのか？」

「……は？　えっ、陰陽師……ですか？」

意表を突かれて、鴇守はきょとんとした。

矢背家の祖、秀守の父は平安時代の陰陽師だった。

陰陽師とは陰陽道に基づき、占術、呪術、祈禱《きとう》などを行う術者のことで、術を使うための特殊な能力を持っている。

秀守も含めて、鬼の血が混ざった子孫には陰陽師の資質は受け継がれなかった。矢背一族は鬼使いとしての独自の道を歩むことにし、陰陽寮を離脱した。

現在に至るまで、矢背家に陰陽師はいない。鬼使いしかいない。

鴇守はそう教えられてきた。

「たぶん、いないと思います。聞いたことがないので」

「そうか。ならいい」

「なにか気になることでも」

「さっき式神が空に……」

星合は聞き取れないほどの声で呟き、すぐに顔の前で軽く手を振り、

「いや、俺の勘違いだったようだ。で、話ってなんだ?」

と鴇守に促した。

「星合さん、恥を忍んでお願いします。鬼退治のコツを教えてください!」

鴇守はテーブルの上に両手をついて、頭を下げた。

「おい、よせ。顔を上げろ。そんなことをされたら、俺がカツアゲでもしてるみたいに見えるじゃないか」

「そうだぜ、鴇守。俺が店員ならこっそり通報する」

「明日の約束が無効になっても知らないぞ」

鴇守が呟くと、夜刀は肩を竦めて明後日のほうを向いた。

「すみません、星合さん。夜刀のことはポチが吠《ほ》えてるんだと思って、無視してください。星合さんは鬼の気配を感知できるんですよね？　俺にはわからないんです。鬼は見えるけど、隠れている鬼は見つけだせない。見つける方法があれば、教えてもらえませんか。夜刀がいると逃げてしまうし……」

「商売敵にお悩み相談とは、お前もなかなか図太くなったな」

呆《あき》れたような声で星合に言われ、鴇守は赤面した。

たしかに、矢背家の鬼使いが退魔師に相談するなど、前代未聞であろう。

鬼は人間を捕食する害悪であり、狩らねばならない存在と定義している退魔師と、鬼と契約して便利に使役する矢背家は、対極の立場にある。

面倒見のいい星合に頼ろうとするなんて、厚かましい話だ。

「筋違いだとはわかってます。でも……」

「俺に訊《き》くくらいなら、本家を頼ったらどうだ。千年以上も鬼と共存してきたんだ、知恵も情報もわんさか持ってる。手助けしてくれるんじゃないのか」

「……」

鴇守はうなだれた。

使役する鬼の強さで、鬼使いの序列を決める本家において、小鬼の夜刀と契約した鴇守は最下位の鬼使いとして軽んじられてきた。

それが、期待されると重荷に感じる鴇守には、ちょうどいい距離感だった。

しかし、夜刀が現役使役鬼のなかで最強だとわかった途端、一変した。

最下位から一気に次期当主への道が開いたところで、今度は鴇守自身が持つ異能が発覚し、是が非でも次期当主になれと、現当主や側近たちがプレッシャーをかけてきて、鴇守は窮地に立たされた。

矢背家が請け負う、もっとも重要にしてスタンダードな仕事は要人暗殺である。

当主は政局を見て、経済への影響などを考慮し、国民の安全と幸福と利益を第一に考えながら、暗殺の指令を下す。

そんなこと、鴇守には絶対にできないし、したくない。

次期当主の座を免れ、当面の仕事として鬼退治を任されたのは、鴇守を苛《いじ》めるな、と夜刀が脅してくれたからだ。

そんな経緯があるのに、鬼退治についてレクチャーしてくれとは言いづらい。

本家のほうも、夜刀にかぎらず、鬼の性質が総じて嫉妬深いことは熟知しており、鴇守と夜刀の関係性から、おおよその内情は把握しているはずだった。

それでもなお、鬼退治をやれと言われ、三ヶ月成果がないまま指示が撤回されないのは、要するに、鴇守自身の力で現状を打開しろという意味なのだ。

会話が途切れた間に料理が運ばれてきて、三人は黙々と食べた。

「あれから、どのくらい退治した？」

気まずい空気を払拭《ふっしょく》するように、星合が訊《たず》ねた。

「うっ」

鴇守は呻《うめ》いた。どうしてもそこは避けて通れないらしい。

「……まさか、一匹も？」

鴇守の反応で察しをつけた星合が、目を見開いた。

心底驚愕《きょうがく》しました、という顔を素でされると、本当にいたたまれない。胸がいっぱいになってきて、鴇守は箸を置いた。

「い、言い訳するなら、俺たちのカウントでは三体を記録してあります。ただ、本家判断では認めてもらえなくて」

そうなのだ。夜刀は威嚇を怠らないが、夜刀の隙を狙って鴇守の前にひょっこり姿を見せる鬼も、いないではなかった。飛んで火に入る夏の虫は、夜刀によって瞬殺された。

鴇守は嬉々《きき》として、まずは鴇守のエージェントである矢背勝元《かつもと》に報告し、鬼が現れた場所と、そのときの状況、鬼の特徴などを詳しく説明した。

その報告を勝元は本家に持ち帰り、翌日、鴇守の住むマンションまで駄目だしを言い渡しに来た。

「俺たちに期待されてるのは、今にも人間を襲おうと狙っている緊急性の高い凶悪な鬼を退治することであって、夜刀の前にのこのこ出てくる知恵のない弱い鬼なんて何百退治しても数には入らないそうです」

まさかのノーカウントだった。根性とプライドでどうにか平静を装ったが、勝元が帰った瞬間に、鴇守は床に崩れ落ちた。

「ありえねぇよ、本家のやつら。どんな鬼でも鬼は鬼だ。俺がアレした鬼どもは、俺の可愛い鴇守を見ただけじゃなく、俺の可愛い鴇守の視界に入るという許しがたい罪を犯した。討伐数にカウントされてしかるべきクソ鬼どもじゃねぇか」

夜刀がぷんぷん怒った。

怒るポイントがずれているが、どんな鬼でも鬼は鬼という意見には、鴇守も賛成である。塵《ちり》となって消えた鬼のためにも、数のうちに入れてほしかった。

「そのことがあって、俺も考えました。行き当たりばったりで鬼を見つけても、意味がない。被害が出ていれば、口止めしても噂は広がるので、ネットで検索して鬼がいそうなところに当たりをつけて張ってるんですが、夜刀がこの調子だし、どうもうまくいかなくて」

食事を終えた星合は、鴇守を見て重々しく告げた。

「お前な、それもう詰んでるぞ。俺に鬼退治のコツを訊いたらなんとかなるとか、そんな問題じゃない」

「詰っ……！　まっ、まだ詰んでないです、大丈夫なはずです！」

「いや、鬼退治の話を聞いたとき、お前の鬼がポチな時点で詰みじゃないかと俺は気づいてた。だが、そこをゴリ押ししてきて、お前たちもやる気になってたんで、なにか秘策があるのかと思っていたらなにもなく、未熟なお前たち任せだったとは。呆れ果てるぞ。お前たちを三ヶ月も遊ばせておくなんて、呑気《のんき》すぎる。矢背一族は馬鹿の集まりか」

星合の言葉は辛辣《しんらつ》だった。

遊んでいるわけではない。鴇守は生来二十一年も夜刀以外の鬼を——夜刀が含まれていた時期もあるが——拒絶して生きてきた。

鬼使いのくせに鬼が怖くて、鬼なんて見たくなくて、鬼を見かけたら脱兎《だっと》のごとく逃げだしていた。それが、今では目を皿のようにして鬼の発見に躍起になっている。見つけた瞬間、素晴らしいスタートダッシュをきって、追いかけまわしたこともあった。

その鬼は、「俺だって鴇守に追いかけられたことないのに！」と嫉妬で怒り狂った夜刀にあっさりと退治された。ノーカウントのうちの一体である。

先ほどズボンの裾を摑んできた鬼だって、不意打ちで驚かされただけで、鴇守のほうが先に発見していたら、悲鳴などあげず、冷静に夜刀を呼んでいたはずだ。

このように、鴇守なりに精一杯頑張っているのだけれど、結果を伴わなければ努力は認められない。

反論の言葉もない鴇守に、星合はため息をついた。

「ポチのまわりには鬼が寄ってこないからよくわかってないだろうが、お前が考えてる以上に、鬼は増えてるぞ。増え方も異常だし、こんな観光地にまで出てくるのも異常だ。狩っても狩ってもきりがない。六道の辻の障壁が破れたとか、なんらかの問題が発生しているのは間違いない。退魔師以上の情報網を持つ矢背家なら、より詳細に事態を把握しているだろう。当然、対策を講じているはずだが、それらしき指令はないのか」

「とくには、なにも……」

期待されず、戦力外扱いされ、なんの情報も教えてもらえない自分の現状を、外部の退魔師の視点から教えられて、鴇守はいっそう落ちこんだ。

「どうやら、蚊帳《かや》の外に置かれているようだが、お前たち以外に鬼退治に当たっている鬼使いはいないのか」

「……わかりません。鬼退治は矢背家が本来請け負う仕事じゃありませんし、俺たちだけだと思うんですが」

「お前たちだけならなおさら、一日でも早く矢背家の戦力となって、事態を収束するために死ぬ気で努力しろ」

星合は語気強く言いきった。

つまり、鬼退治に精を出せということだ。

鬼退治をすることになりましたと報告したときは、鬼使いが退魔師の真似《まね》をして業務妨害をする気か、と気色ばんだくせに、ほんの二ヶ月ほどで、ころっと意見を変えている。

矢背家が大嫌いな退魔師が、鬼使いと鬼の手も借りたいと思うほど、状況は悪化の一途をたどっているのだろう。

鴇守だって、そうしたい。やらせてくれと立候補して得た仕事ではないが、鬼退治をする意味、重要性などは充分に理解している。

とはいえ、星合をして、詰んでいると言わしめる事態からどうすれば脱却できるのか。

途方に暮れる鴇守に、星合が告げた。

「お前はまず、鬼使いとしての練度を高めろ」

「……練度、ですか」

「そうだ。鬼使いってのは、ただ鬼に命令して動かすだけじゃなく、もっと鬼を使っていろんなことができるはずだ。俺も詳しくは知らないが、なんというか、鬼と同調して鬼を意のままに動かすとか、そんなようなことだ」

「同調して意のままに……」

鴇守は鸚鵡《おうむ》返しに呟いた。

使役鬼は契約のときに主に飲ませた自分の血を媒体にして、どこにいても主が呼べば声を聞き取り、瞬時に駆けつける。

脳内の思考を読み取るのではなく、あくまで発声された言葉を聞き取るそうだ。

さらに、離れていても、主がなにをしているかわかるらしい。これも情景を視るだけで、頭の中身は覗《のぞ》けないという。

だが、同調とはそんなものではないのだ。もっと深く鬼に入りこみ、もっと強制的に鬼を従わせる、鬼使い自身が持つ特殊な能力——。

ぴんと来なくて、鴇守は首を傾《かし》げた。

夜刀もきょとんとして、同じように首を傾けている。

心当たりがなさそうな顔をした二人の前途が暗いことを見越したのか、星合は微妙に視線を逸《そ》らし、

「……まぁ、なんだ。とりあえず、頑張れ」

と無責任に励ましてくれた。

2

「同調……練度を高める……同調……意のままに……？」

星合と別れ、マンションに帰ってきても、鴇守はぶつぶつとひとりごちた。

これは行き詰まっていた鴇守にとって、値千金のアドバイスだ。

夜刀を使役して鬼退治をすべくいろんなことを考えたけれど、そのような発想にはついぞ至らなかった。

このアドバイスをモノにできれば、一皮剝けた鬼使いになれそうな気がする。

しかし、それには当然ながら、夜刀の協力が不可欠であろう。同調とは、鴇守と夜刀の思いが合致することだ。

「明日はおうちデートな、鴇守！　一日くらい仕事を忘れて、俺と楽しいことしようぜ」

部屋に入るなり鬼の姿に戻った夜刀が、満面の笑みを浮かべて言った。

唇から覗く歯は牙も含めて真っ白で、浅黒い肌の色との対比もあって、鬼にはそぐわない爽《さわ》やかさを醸しだしている。

大きくなっても、小鬼時代と発言内容は変わらない。姿形を小さくしていただけで、中身は同じだからだ。

夜刀は鴇守が脱いだジャケットを受け取って、ハンガーにかけた。いじらしいほど甲斐甲斐《かいがい》しい。

こんなふうに主の世話を焼く使役鬼は、おそらくほかにはいない。

仕事のときだけ使役鬼を人間界に呼びだし、あとは六道の辻に帰して待機させるのが通例となっている鬼使いたちのなかで、四六時中夜刀をそばに置く鴇守だけが異端なのだ。

夜刀は鴇守にとって使役鬼の枠には収まらない特別な存在——恋人だから、生活の助けを細々としてくれなくても、ずっとそばにいてほしいと思っている。

鴇守がキッチンの椅子に座ると、夜刀は鴇守の膝の上に座ろうとした。

「こら！　大きいのはお座り禁止って言っただろ」

鴇守は笑いながら背中を押した。

夜刀も本気ではなかったのだろう、すぐに諦《あきら》めて足元にしゃがみこみ、鴇守の膝に両手を置いた。飼い主とつねに触れ合っていたい甘えん坊な犬のようだ。星合がポチ呼ばわりするのも納得である。

夜刀は鴇守の膝を優しく擦《さす》りながら、上目遣いで言った。

「なぁ、鴇守。明日まであと二時間だ。前倒しして、今すぐデートしよう。まずは一緒に風呂に入ってさ……」

「前倒しはしないよ。星合さんの言ったことを考えたい」

鴇守はそう言って、夜刀の手を膝から退《ど》けた。伸ばしたバネが縮むように、夜刀の手が即座に同じ場所に戻ってくる。

無言で退けては戻すを五回も繰り返したのは、ちょっとおかしかったからだ。

「鬼使いの練度を高めるって、どうするんだろう。鬼と同調できるなんて、俺は初めて聞いた。退魔師が知ってるってことは、わりと知られた能力なのか？　ご当主さまはもちろん、季和《きわ》さんとか高景《たかかげ》さんとかもやってるのかなぁ。夜刀はなにか、心当たりない？」

「なんの？」

「同調することに関して。鬼使いの意のままに動かすってことは、鬼の立場からすると、命令に無理やり従わされる、みたいな？　いや、同調してるなら、無理やりでもないのかな。そもそも同調ってなんだろう」

考えても、よくわからない。

鬼使いは現在、鴇守のほかに全国に六十四人いる。そのうちの誰かに訊ねるのが一番手っ取り早いのだろうが、誰とも交流がない。

高景とは少しは親しいものの、仕事の話を詳しくするような間柄ではないし、高景は九州《きゅうしゅう》支部の所属なので、年に一回開催される夏至会でしか会う機会がなかった。

高景は夜刀の本当の姿を、まだ知らない。知っているのは当主と、紅要《こうよう》の捕獲作戦に参加した側近たち、勝元くらいである。

鴇守の異能も含めて公表しないと判断したのは、当主の正規だった。

全員に知れ渡ったら、次期当主になる資格を有しているにもかかわらず、覚悟もないし怖いのでなりません、という鴇守の甘ったれた言い訳は通用しなくなる。

責められ、義務を押しつけられ、ますます追いつめられ、潰《つぶ》れてぺしゃんこになった自分と、激怒している夜刀が目に浮かぶようだ。

「思うに、俺は心底、鬼使いに向いてない性格なんだな……」

鴇守は自嘲《じちょう》した。

人とはかけ離れた鬼の容貌《ようぼう》には恐怖を抱かずにはいられず、人間を好んで食らうという習性は許容できない。仕事でもなければ、接触したくない。

夜刀は全面的に鴇守の味方だ。ほかの鬼と浮気するとか、夜刀と別れるとかいうのでないかぎり、鴇守の意思に従う。

鴇守をどう扱うか、本家のほうでも苦心しているのかもしれないが、鴇守自身もこの先どうするべきなのか、方向性を決められないでいる。

考えこんでいるうちに、鴇守は無意識に夜刀の頭を撫《な》でまわしていた。

ふさふさした髪の手触りは上々だし、二本の角は鴇守にはないものだから、触れるのが余計に楽しかった。硬くて角ばったところもあるが、仄《ほの》かに温かい。

角の根元を指先でこりこり擦ると、気持ちいいのか、頭を押しつけてくる。

喉《のど》を鳴らしかねない勢いで懐いていた夜刀が、ふと顔を上げて呟いた。

「あ。なんか思い出した。角の根元で」

「角の根元？　ここ？」

「そうそう。小鬼の殻を被るとき、角の根元に力を集中するんだ」

「それで？」

「何ヶ月か前、俺が十六年ぶりに大鬼に戻ってあの退魔師のとこに行ったとき、あいつちょうど、三つ目の青鬼とやり合っててな」

「俺に黙って、俺が風呂に入っている隙に、こっそり行って帰ってきたときのこと？」

「おう。でな、その三つ目の青鬼は俺にビビってたのに、途中であいつを放りだして、俺に向かってきたんだ。しょうがねぇから……アレしちゃったんだけどな。そいつ、涙浮かべてブルブル震えててよ。飼い主に逆らえなくて、無理やりやらされたみたいな感じだった。俺はそいつをアレした責任を退魔師になすりつけて、慌ててうちに帰ってきた。さて小鬼に戻ろうとしたら、戻るコツを忘れちまっててよ。焦ったけど角の根元に……」

　夜刀の話はつづいていたが、鴇守は宙を見た。

　三つ目の青鬼。聞いたことがある。

　三体同時に鬼を使役する突出した能力を持ちながら、その残虐さを厭《いと》われて一族から抹殺されかかった鬼使い、矢背紅要の口から、その名が出た。

たしか、緑青《ろくしょう》という名だった。そして、紅要は言っていた。

夜刀が緑青を一刀両断にするところを、緑青の目を通じて見ていたと。

あのとき、鴇守は鬼下《おにくだ》しを飲まされて苦しんでいる最中のうえ、勝手に夜刀を使われて激怒し、さらに、当主を殺されたらどうしようかという心配で極限状態だったため、それがどういうことか、深く考えもしなかった。

紅要が企てた復讐《ふくしゅう》が失敗に終わり、彼の使役鬼に食い殺されるという結末を目の当たりにしてからは、紅要のことは思い出さないようにしていた。最期の姿が壮絶すぎて、振り返って考えるだけの強さが鴇守にはまだなかった。

蓋をして記憶の隅っこに寄せておいたそこに、ヒントがあったとは。

「あのとき、じつはまだ二十センチでかかったんだけど、お前は気づかなくて命拾いしたぜ。……どうした、鴇守?」

糸口を摑みかけた鴇守はにわかに興奮し、夜刀の顔を両手で摑み、自分のほうへぐいっと向けた。

「……それだ。それだよ、夜刀」

「なんだよ」

「鬼に命令を出して強制的に従わせるとか、鬼の目を通して鬼が見ている光景を見るとか、鬼使いにはそういうことができるんだ……たぶん」

「たぶん？」

「うん。どうやるのか、俺には見当もつかない。夜刀はどう？　鬼使いにどうされたら、そうなると思う？」

「俺だってわかんねぇよ」

鴇守の勢いに押されたように、夜刀は少し顎《あご》を引いた。

参考になりそうもない夜刀の顔を、鴇守はぽいっと離した。

たしか、紅要が語ったところによると、緑青という鬼は頭が弱くて狂暴だったが、紅要の命令はよく聞いたらしい。

よく聞いたのではなく、無理やり聞かせていたのではないだろうか。自分が死ぬとわかっている命令には、鬼も従いたくない。強引に従わされたから、緑青は涙を浮かべて震えていたのだろう。

紅要は鬼使いの能力で緑青に同調し、思考と行動を制御していたことになる。

そんなことが可能だとは。驚きだった。

紅要は幼少のころから優秀で、次期当主になるべく教育を受けていた。

鬼使いの能力の強弱はだいたい、契約した使役鬼の強弱に比例するのだが、鬼との接し方を見ていれば、契約前でも自ずと判断がつく。

鬼に怯《おび》えて泣くばかりの鴇守は、弱い鬼使いと断じられた。

すべてを統括している本家ではおそらく、鬼使いたちに序列をつけるための基準があり、能力を仔細《しさい》に見極めるためのテストなども、あるのかもしれない。そうして、鬼使いをレベル分けし、それぞれに適した仕事を割り振っているのだろう。

「でも、俺には鬼を自ら跪《ひざまず》かせて、契約を結ばなくても使役できる先祖返りの力がある。だからといって、俺が強い鬼使いかといえば、そうじゃない……」

発覚したのが数ヶ月前だというだけで、この能力は生まれたときから鴇守が持ち合わせていたものだからだ。

嫉妬深い夜刀が必死でほかの鬼を遠ざけていたことが、結果的に隠蔽《いんぺい》工作となっていたにすぎず、誰にもわからないように封印されていたわけでもなく、生命の危機に瀕《ひん》して突然発露したわけでもない。

弱い鬼使いである鴇守が最強の夜刀を使役できるのは、この能力によるところが大きいと思われる。

では、異能をフルに発揮し、数多くの鬼を使役すれば、弱いながらも鬼使いのランクを上げることができるのか。

「……無理だ。絶対、無理」

そもそも夜刀が許さないし、夜刀以外の鬼と接するなんて、やっぱりどう考えても鴇守にはできそうもない。

ランキングの上位に食いこむのが目的でもなかった。

うっかり最下位から脱出してしまったら、本家がまたいらぬ希望を抱き、鴇守を当主にとかなんとか言いだしかねない。

みそっかすは返上せず、一族に期待を抱かせない程度に状況を改善する方法を考えたい。

向上心があるのかないのか、微妙な決意である。

だが、一族から逃げることしか考えていなかった鴇守にしてみれば、少しは前進していると思いたい。

手詰まりの鴇守がチャレンジできそうなこととは。

「つまるところ同調だよな」

うろうろ思考し、一周まわって当初の議題に戻ってきた。

難問すぎて、鴇守と夜刀だけで解決できそうな予感がまったくしない。

「……ワンクッション置いて、勝元さんに訊いてみようか」

どのみち本家には筒抜けだろうが、壁が一枚あるのとないのとでは大違いだ、と考えたとき、鴇守は夜刀が口を挟んでこないことに気がついた。

これほどぶつくさ呟いているのが聞こえないはずもないのに、珍しい。

見下ろせば、夜刀は鴇守の膝に齧《かじ》りついたまま、微動だにせず一点を見つめていた。

視線の先にあるのは、壁の掛け時計だった。

そして、小さく漏れてくる声。

「明日まで、あと四十七分三十秒……四十七分十五秒……四十七分……」

問い質《ただ》すまでもなく、おうちデートに向けたカウントダウンである。

鴇守はがっかりした。少しくらい、悩める鴇守の思考に寄り添ってくれてもいいと思う。

「なぁ、鴇守。そろそろ前倒しが許される残り時間だと思わねぇか？」

長すぎるカウントダウンに嫌気が差したのか、夜刀が振り返って、鴇守を見上げてきた。

前脚を揃《そろ》えて「待て」をしている犬みたいに見える夜刀は可愛いけれど、鴇守は首を横に振った。

「思わない」

「ええー！　なんでだよ！」

なぜかと問われたらもちろん、仕事に協力してくれないことに対する軽い仕返しだ。

この三ヶ月、鴇守の仕事用の銀行口座には多額の金が振りこまれつづけていた。討伐数はゼロと記録されているので、結果に対する報酬ではない。

鬼を探して毎日駆けずりまわっていることに対する労《ねぎら》いの対価などでもなく、ただひたすらに鴇守と夜刀に寄せる期待の表れだと、鴇守は思っている。

だからこそ、余計に肩身が狭かったたし、のしかかってくる重圧は苦しく、一日も早く成果を挙げたかった。

せめて出来高払いにしてほしい、無報酬でも当分は生活していけるだけの貯金はあるからと勝元に訴えてみたが、聞き入れてはもらえなかった。

お前が無一文になったら俺が食わせてやる、贅沢《ぜいたく》させてやるぜ、と常日頃から豪語している夜刀は、給料の有無などいささかも意に介していない。鬼がどうやって金を稼ぐつもりなのか、訊いていないので知らない。

「残り四十五分なんてほとんど明日、いや、明日だと言い張ったら明日になる時間じゃねぇか。うちだけ、もう明日ってことにしようぜ。な?」

やんやと騒ぎたてる夜刀の額の真ん中を、鴇守は人差し指で突いた。夜刀の頭が大げさに後ろに下がり、戻ってくる。

「俺はただでさえ給料泥棒なんだから、使役鬼との約束はきっちり時間厳守します」

「なんだそりゃ。給料とは関係ないし、おうちデートの約束は報酬じゃねぇだろ」

「報酬みたいなもんだよ」

夜刀は口をへの字にしていたが、すぐにニッと笑いの形に唇を歪《ゆが》めた。

「わかった。鴇守が給料泥棒なら、俺は報酬泥棒する！　泥棒同士、仲よくしようぜ」

「ど、泥棒同士って言うな！　人聞きの悪い！」

「給料泥棒の言いだしっぺは鴇守だろ」

「俺が自分で言うのはいいんだよ！」

「我儘《わがまま》だなぁ、鴇守は。我儘ばっかり言うやつは、こうだ！」

「えっ、ちょ……っ」

夜刀に抱き上げられたと思ったら、鴇守はベッドで仰向いて天井を見ていた。

鴇守が借りている部屋は、和室にして二十畳くらいの、大学生の一人暮らしにしては広々したワンルームである。

キッチンスペースの椅子から、壁際のベッドまでは数歩の距離があるにもかかわらず、夜刀は床を一蹴《け》りして飛び、鴇守をベッドに横たえたのだ。

大きな体軀《たいく》の鬼にのしかかってこられると、もう逃げられない。

形ばかりの抵抗をする鴇守の手首を押さえながら、夜刀は鴇守が痛みを感じないよう注意してくれている。

「おうちデート、始めちまってもいいよな？」

「駄目だって言ってるのに、聞かないんだから。……いいよ。その代わり、今日の四十三分は繰り上げて明日を終わらせるから」

「ケ、ケチくせぇ……」

猫に似た金色の瞳を丸くして呆れた表情をしてみせる夜刀に、鴇守は顔をしかめ、いーっと歯を剝いてやった。

子どものころに戻ったようなやりとりに、二人で噴きだす。

鬼使いに生まれてついてしまったせいで、次から次へと悩みは増えていくけれど、夜刀と出会い、こうして笑い合える幸福は、なににも替えがたいものだと思う。

鴇守が笑えば、夜刀も笑う。鴇守が嬉《うれ》しいと、夜刀も嬉しい。

夜刀は眉尻《まゆじり》を下げてにこにこし、鬼のくせに恵比須顔である。鴇守も同じような顔をしているのかもしれないと思うと、気恥ずかしかった。

「へへっ。鴇守は可愛いなぁ」

「でも、ケチくさいんだろ？」

嫌味だったのに、夜刀は元気よく頷いた。

「うん。ケチくさいとこも可愛い。ほんと、可愛くてたまんねぇ」

「言っとくけど、お前が厚かましいから俺がケチくさくならざるを……ん……っ」

文句を言っていた鴇守の唇は、夜刀にふさがれてしまった。

大きな夜刀との口づけは、もはや慣れたものだった。

夜刀が小鬼のときは、鴇守が舌を出してやらないと貪ることができなかったが、今はもう自由自在だ。鴇守が唇を閉じていたって、抉《こ》じ開けて入ってくる。

夜刀の舌は鴇守の口内でよく動き、鴇守はそれについていくので精一杯で、自分からはほとんどなにもできない。

夜刀はうまそうに、鴇守の唾液《だえき》を啜《すす》り飲んだ。

息苦しくなってきて顔の向きを変えると、鋭い牙が舌に当たった。

にょきっと伸びて凶器にもなる鬼の爪と牙は、鴇守と睦《むつ》み合うときには、縮んで控えめな形に変化している。牙の先も心なしか丸みがあり、間違っても鴇守を傷つけることがないように気をつけているのだろう。

鴇守は牙を舌先で探り、両手をまわして夜刀の背中を撫でた。

「ふっ」

くすぐったいのか、夜刀が笑った。

手触りは普通の人肌と変わらない。すべすべしていて、温かい。逞しい肉体に贅肉は存在しないが、指で挟めば摘める。

皮膚はこんなに柔らかいのに、鬼の肉体は人間界にあるものでは傷つかない。調理中に誤って指の上に包丁を振り下ろしても、欠けるのは包丁の刃のほうだった。

広い背中を堪能し、鴇守の両手は腰へと下がっていった。指で背骨をたどっていたら、腰巻と腰巻を締める綱に遮られて通行止めを食らってしまう。

「んんっ」

口づけの合間に抗議で唸《うな》れば、障害物が一瞬で消えた。人間にも化けられるのだから、衣服の着脱など朝飯前だ。

鴇守は満足し、開けた進路を前進して背骨の終わりを確かめてから、尻を両手で掴んだ。夜刀がよく鴇守にするように、指をわきわきさせて揉《も》んでみる。

引き締まった夜刀の尻は硬く、さほど楽しいものではなかったが、夜刀は違ったらしい。

唇をもぎ離し、あー、とも、だー、ともつかない声で叫ぶと、やおら鴇守の衣服を剝《は》ぎ取り始めた。

「この小悪魔め！　卑猥《ひわい》な手つきで俺を弄《もてあそ》びやがって……くそっ、たまんねぇだろうが」

鬼に悪魔呼ばわりされた鴇守は、小さく笑った。

腰巻を消したのと同様に、鬼の力を使えば鴇守の衣服を一瞬で取り去ることも可能だろうに、夜刀はそうしない。

鴇守を裸に剝く、というプロセスを楽しみたいらしい。手間がかかって焦《じ》れるのもまた、興奮を煽《あお》るという。

背中を浮かせたり腕を伸ばしたり腰を上げたりして、鴇守も協力を惜しまなかった。

鴇守が全裸になったころには、夜刀の性器は早くも勃《た》ち上がっていた。硬さを宿しているそれを、夜刀は鴇守の下肢に擦りつけてくる。

「あ……っ」

剝きだしになった互いの性器がダイレクトに触れ合う感覚に、鴇守はびくっとなって、咄嗟に腰を捩《よじ》った。

「逃げんなって」

夜刀は鴇守の両脚の間に割りこんできて、まるでつながっているときみたいに、腰を動かした。鴇守を見つめる黄金の瞳が、欲情で鈍く光っている。

「んっ、んん……」

鴇守は目を閉じ、甘い吐息を漏らした。

擦れ合っているところから火が灯り、全身に燃え広がっていく。いつしか、鴇守も夜刀に合わせて身体を揺らしていた。

滑りが足りないので、当たりはぎこちなく、下生えが擦れ絡まって、じょりっとするのがむず痒《がゆ》かった。

「腰が動いてるぞ、鴇守。すげぇ、いやらしい」

「……夜刀が、動かすから」

夜刀の掠《かす》れた声のほうがよほどいやらしいと思いながら、鴇守は言い訳をした。しゃべっている間も腰は止まらない。

「気持ちいいか」

「いい……。いいけど、もの足りない」

「どうしてほしい？」

鴇守は舌先をちろりと出して、乾いた唇を舐めた。

セックスというものを初めて経験してから数ヶ月経つが、睦み合わなかった日は数えるほどしかない。

二十一歳になるまで、エロ本も見せてもらえず、性的情報に飢えていた若い肉体は、実体験を経て一気に花開いてしまった。

夜刀もまた、長年押しとどめてきたものが噴きだしたのだろう。日に何度も交わり、鴇守の身体の隅々まで入念に探った。

自分の快楽も追求するが、鴇守を気持ちよくしてやりたいという思いも強いので、夜刀はよく鴇守の望みを訊く。

鴇守の口から淫《みだ》らな言葉を言わせたい欲求も混ざっていると思う。

羞恥《しゅうち》はあるけれど、してほしいことを告げて、そのようにしてもらうほうが重要だった。知り始めたばかりの快楽に夢中になっている今は。

「……直接触って」

「手で?」

うん、と頷けば、夜刀は密着していた腰をずらして、鴇守自身を手で包みこんだ。

鴇守は顎を上げ、浅く息を吐いた。

そこが熱くなり、むくむくと膨らんでいくのが自分でもわかる。他人の手で与えられる快楽に慣れてしまい、自慰で得られた慰めがどんなものかすっかり忘れてしまった。

夜刀は手淫《しゅいん》を施してくれながら、鴇守の首や鎖骨にキスをした。ちゅっちゅっと可愛らしい音を立てて吸っていたかと思えば、舌でべろりと舐められる。

くすぐったくて、じれったい。

「夜刀」

「うん？」

「……舐めて」

「乳首？」

訊き返されて、鴇守は迷った。

陰茎を舐めてほしいという意味だったのだが、乳首を舐められるのも好きだ。

硬く尖った乳首の根元を舌で倒され、こそぐように舐めまわされるだけで、あやうく射精しそうになったこともある。

夜刀の触れ方、舐め方、腰の動かし方は、夜刀しか知らない鴇守にも、非常にねっとりしていると感じられた。身体の芯から深い愉悦を掘り起こされている。

そして、それは鴇守の性に合っていた。

「んー……、両方」

「欲張りだなぁ、鴇守は。すげぇ可愛い。俺は尻の間も舐めてやりたい。べとべとに濡らして、ふやけるほど舐めていいか」

そうされるところを想像し、鴇守は身体をくねらせた。興奮を煽られて、じっとしていられない。

「……っ、舐めて……んんっ、もう全部、舐めて。俺の身体、舐め溶かして……っ」

「蕩《とろ》けきったら、俺のを入れてやる。熱くて、硬くて、奥まで届くやつ。好きだろ、鴇守。咥《くわ》えこんで、離さねぇもんな」

言葉で責められているだけで、意識が飛びそうになる。

触れられていない尻の孔《あな》がひくひくし、腹の奥がきゅっと縮んでせつなくなった。

「好き……っ、好きだから、早く……！」

「よしよし、一緒に気持ちよくなろうな」

夜刀の愛撫《あいぶ》は本格的に濃厚なものとなり、鴇守は夜刀に愛されるがまま、喘《あえ》ぎつづけた。

3

四十三分の繰り上げがあろうとも、二十四時間分はきっちり楽しめると夜刀が信じていたおうちデートは、十時間で終わってしまった。

勝元から電話がかかってきたのは、朝の八時だった。当主が呼んでいるので、一時間後に迎えに行くと言って切れた。

「用事があるからって断ろう！　だって、すごく大事な、とてつもなく重要で、決して後まわしにはできない用事が、俺たちにはあるよな？　昨日の約束のほうが早かった。早いもの勝ちだ。俺がビシッと言ってやるからよ！」

夜刀はさも当然の権利のごとく勇ましく言ったが、そんな主張が通るわけもない。遅刻だって許されない。

当主は矢背一族の頂点に立つ、多忙な人である。当主の一分と鴇守の一分は、同じ一分でも大海と雨の一滴ほどの差がある。

鬼使いはたとえ親が死んでも、当主の呼び出しには即座に応じなければならない、という勝元の教育を幼いころからみっちりと受けてきた鴇守は、拒否など考えもつかず、条件反射のように動いてしまう。

「おうちデートはいつでもできるだろ。もう半分くらい、終わってるし。シャワー浴びてくるから、コーヒー淹《い》れておいて」

「ちょっと待て、残り半分の振替デートを……！」

夜刀の声が追いかけてくるのを振りきって、鴇守はバスルームに飛びこみ、情交の跡を入念に洗い流した。何時間も睦み合い、明け方に少し眠っただけの肉体は腫れぼったい感じがして、まだ少し疼《うず》いている。

今日は一日、裸で過ごすものだと思っていたのは、鴇守も同じだ。夜刀に可愛がられて赤みが引かない乳首が、胸元で寂しく咲いている。

夜刀との約束を守ってやりたいけれど、これればかりは仕方がない。

バスルームを出て急いで身づくろいをし、余った時間で夜刀が用意してくれたコーヒーを飲みながら、今日の埋め合わせをする約束をさせられていると、勝元が到着した。

本来の夜刀と、鴇守の持てる力を知ったとき、やけにしゃちほこばってぎくしゃくした態度を取っていた勝元だが、鴇守が次期当主の座を固辞し、鬼退治に四苦八苦している間に、以前と同じに戻った。

「急に呼びだされると迷惑なんだよ、超迷惑！　俺たちにも、都合ってもんがあるんだ。当主ってのは、そんなに偉いのか。俺たちがいつでも暇だと思ってんのか、ああ？」

車に乗りこんだ夜刀は、運転席の勝元に向かってひとしきり文句を言った。

「こら、夜刀。勝元さんのせいじゃないのに、絡んじゃ駄目だって」

鴇守は顔を赤くして、夜刀をたしなめた。隣で聞いているだけで恥ずかしく、いたたまれない主張である。

当主は鴇守とは比べものにならないくらい偉いし、鬼退治は開店休業で忙しいなんて口が裂けても言えないし、後日、振替デートをする約束もしたのだ。

「申し訳ございません。鴇守さんと夜刀さんが連日、休む暇もなく鬼退治に精を出していらっしゃることは、充分に存じ上げているのですが、本家当主のご命令は最優先ですので……」

「わ、わかってます！　俺はわかってますから」

言葉尻に食いつくようにして、鴇守は叫んだ。

今日は一日家でいちゃいちゃするつもりだったから、謝られると罪悪感で胸がちくちく痛んだ。それでなくても、給料泥棒の負い目がある。

鴇守は額にじわりと滲んだ汗を、さりげなく手の甲で拭《ぬぐ》った。

呼び出しの用件は、鬼退治に関することに違いなかった。

鴇守と夜刀のペアが持つ潜在能力の高さは、矢背家史上最高にして最強と評されている。

そして、二人の仕事のできなさは、一族始まって以来の役立たずと罵《ののし》られるに相応《ふさわ》しい。

生かせない能力なんて、ないのと同じだ。当主の堪忍袋の緒は意外なほど太かったが、そろそろ切れてもおかしくない。

おそらく、鴇守は叱責《しっせき》を受け、鬼退治の仕事を降ろされるだろう。お役に立てず、申し訳ありませんでしたと潔く謝るべきか、もう少しチャンスをくれと頼んでみるべきか、鴇守が迷っている間に、矢背本家の現屋敷に着いた。

本家は広い敷地内に用途に応じたいくつもの建物があり、当主側から指定された建物まで、勝元が車で運んでくれる。

千年以上つづくファミリービジネスによって、矢背家は都内の一等地にこれほどの土地や建物を所有するようになった。一族の財力、権力というものを、まざまざと感じさせられる。内部で働いているのは矢背の姓を持つ血族ばかり、鬼使いに生まれつくことはできなくても、知力や才能に溢《あふ》れたエリート揃いだという。

窓の外をぼんやり眺めていた鴇守は、ありえない光景を見て目を剝いた。

一台の車とすれ違ったのだが、その車の上に鬼が座っていたのである。

本家敷地内で堂々と姿を現しているのだから、誰かの使役鬼だろう。苔《こけ》のような緑色の肌の、ずんぐりとした体型の鬼だった。

鴇守も驚いたが、夜刀も驚いたらしい。

「おい、なんだあれ？　あんなのアリかよ？」

「あの車は、中部《ちゅうぶ》支部からお越しの久忠《ひさただ》さまですね」

車を進めながら、勝元は淡々と言った。

鬼使いではないものの、鬼が見える目を持っているので、勝元も先ほどの緑鬼に気づいたはずだが、さすが勝元、動揺の気配を見せなかった。

「使役鬼ですよね？　どうして車の上に？　鬼使いが命令してるんですか？」

鴇守は矢継ぎ早に訊ねた。

矢背家の鬼使いたちはそれぞれ、東北《とうほく》、関東《かんとう》、中部、関西《かんさい》、九州の五つに分けられた支部に所属している。

年に一度開かれる夏至会は、全国に散らばる鬼使いたちが一堂に会する場だが、名簿もなく自己紹介などもしないので、久忠という名を聞いても顔は浮かんでこなかった。

「私も詳しいことは……わかりかねます」

「わかりかねますってお前、おかしいだろ、あれ。鬼は矢背一族だけに見えてるわけじゃねぇんだぞ」

夜刀が呆れたように言った。

「なにか事情があるんだよ、夜刀。ご当主さまに会ったときに訊いて……」

鴇守の言葉は途中で切れた。

車はすでに車止めに入っていたのだが、建物の出入り口から離れた端っこのほうで、当主の側近である季和が、彼女の使役鬼と立っていたのだ。

外から見えないように、夜刀が鴇守の肩を押し下げた。

「出るなよ、鴇守。見つからないように隠れてろ。なんか揉めてるみたいだし、お前は鬼ホイホイだから、ここで出ていったら、きっともっと大変なことになる」

「お、鬼ホイホイ……？　なにそれ」

季和たちのことは気になるが、聞き捨てならず、鴇守は夜刀の顔を見上げた。

「ん？　お前を見たら、鬼がホイホイやってくるだろ？　だから鬼ホイホイ。俺が見張ってるから、鬼なんか一匹たりともホイホイさせたりしねぇけどな」

そんな、ドラッグストアに売ってそうな呼び方をするのはやめてほしい、好きでホイホイしているわけではない、ホイホイされる側に問題があるのだ、というようなことを言いたかったが、どれも文句としては的外れな気がする。

適切な言葉を見つけられなかった鴇守は、釈然としない思いで奥歯を噛《か》んだ。

「夜刀さんのおっしゃるとおりです。いえ、鬼ホイホイの話ではなく、少し様子を見てみましょう。あちらも、我々に気づいているでしょうから」

「……そうですね」

鴇守は窓の下ぎりぎりのところから目だけを覗かせ、季和と使役鬼をそっと眺めた。

身ぶりから見て、季和は鬼を説得しており、鬼はそれに了承できず、いやいやと首を横に振っている。しかし、結局季和に言いくるめられたのか、鬼は最後に季和にぎゅーっと抱きついてから、フッと姿を消した。

離れたくないけど命令だから仕方がない、でも離れたくない、という鬼の葛藤が聞こえてくるようなやりとりだった。

紅要捕獲作戦のときに、あの使役鬼が怪我をした季和を守っているところを、鴇守も見ていた。忠誠心が高く、慈悲も持ち合わせたいい鬼だと思う。

「お前だけじゃなかったんだな、駄々を捏《こ》ねる鬼は。あの鬼、素直に言うことを聞いてて、羨ましい」

「な、なんだと！　俺はいつだって素直じゃねぇか。とても素直で、正直で、率直な……」

季和がこちらに向かって歩いてきたので、鴇守は車を降りた。

「こんにちは。お久しぶりです」

季和と顔を合わせたのは一ヶ月ぶりだった。忙しい、あるいは困難な仕事に取り組んでいるのか、少し痩《や》せて、顔にも疲れが見える。

季和は自身を包む疲労感を誤魔化《ごまか》すように、顎を上げて微笑《ほほえ》んだ。

「ごめんなさいね、妙なところを見せちゃって。鴇守くんが来るのはわかってたんだけど……。さぁ、正規さまがお待ちよ、行きましょう」

「はい」

どうやら、当主との会見の席に、季和も同席するようだ。鴇守は季和の斜め後ろを歩き、その後ろから夜刀がついてくる。

使役鬼について、鬼使い同士はいっさい話をしない。主が自分以外の鬼に興味を示すのを、使役鬼が嫉妬するからだ。

つねに堂々と鴇守のそばにいる夜刀は空気のごとく扱われ、夜刀に直接話しかける鬼使いは、当主くらいなものである。

季和と鴇守では弾むような話もなく、三人は無言で歩き、エレベーターに乗り、四階の一室のドアを季和がノックして開けた。

部屋に入った鴇守は、本日三度目の驚きに見舞われた。

正規の使役鬼であるあかつきが、正規のそばに控えている。

次期当主になれと迫られているときに、何度も呼びだされて当主と会見したが、こんなことは初めてだった。

そもそも鬼使いたちは仕事をさせるときしか、人間界に使役鬼を呼びださないはずなのだ。

唖然《あぜん》としたまま、あかつきを見つめてしまいそうになった鴇守の前に、肩を怒らせた夜刀が盾となって立ちふさがった。

「おい！　さっきからなんだ、鬼だらけじゃねぇか！　お前らの鬼どもが、鴇守にホイホイされちまうだろうが！」

すると、あかつきが夜刀に向かって牙を剝いた。

自分の主は正規だけで、鴇守になびいたりしないと怒っているように見える。

当主と契約した使役鬼だけあって、あかつきは極めて人間に近い容姿で、顔立ちは整っていて美しい。腰まで伸びた燃え立つ炎のごとき赤い髪は、神秘的でさえあった。

夜刀も睨み返し、二体の大鬼がまとう闘気が高まった。

「あかつき」

しかし、正規が一声かけただけで、あかつきは瞬時に姿を消した。

素晴らしき主従関係に、鴇守は感心した。主が一を言えば十理解する知能が、あかつきにはある。

「夜刀」

鴇守も夜刀に声をかけた。

あかつきはもういないのだから下がっていいよ、という意味を込めたが、夜刀はさらに一歩踏みだし、喧嘩を売るような顔つきで、正規をじろじろ見始めた。

執務机に座っている正規はまったく動じておらず、夜刀の挑発を無視し、机の上に置いてある数枚の紙の束をぱらぱらとめくっている。

鴇守はその隙に、夜刀の腕を引っ張って小声で言った。

「夜刀、もういいから下がって」

夜刀は不満そうにふんと鼻を鳴らしたものの、鴇守の真横に戻ってぴたっと寄り添った。

鴇守と夜刀が落ち着いたのを見て、正規が顔を上げた。

正規の左目は義眼だが、ぱっと見ただけではわからない。凝視していると、左だけ眼球が動かないので、そうと知れる。

「報告は上がっている。相変わらず、苦心しているようだな」

「……はい。成果を挙げられず、申し訳ありません」

鴇守は頭を下げた。

紅要を騙すために片目を自ら抉《えぐ》り、そのまま捕獲作戦にまで出てきて戦った正規の強い精神力、滅私して一族のために尽くすという信念、なにものにも負けない気迫を尊敬している。

同時に、畏縮《いしゅく》もした。

この立派な人に、期待をかけられるような資質を鴇守は持っていない。向上心はあるものの、そこそこ止まりを希望し、てっぺんを目指す気がない。

たとえ、てっぺんを目指して努力したとしても、結果は出せないだろう。

偉大な人に、自分の卑小さ、粗末さを曝《さら》けだすのは恥ずかしかった。

叱責を受けるか、苦言を呈されるか。鴇守は俯《うつむ》いて身構えていたが、正規はどちらもしなかった。

「想定はしていた。引きつづき、やり方を模索しながら励みなさい」

「は、はい……」

任務続行とわかり、鴇守はがっかりした。

さらなるチャンスをもらえたのに、喜べない。喜べないことで、この仕事から逃げたがっている自分の本心に気がついた。

「鬼の数は着々と増えつづけている。報告によると、鬼の出現は全国的で、特定の地域に偏ってはいないようだ。六道の辻と人間界の間の障壁を越えられないはずの鬼たちが、どこから人間界に入りこんできているのか、調査をしているが、原因はまだわかっていない。鬼が増えれば、人間の犠牲も増える。鬼が関わっていると確認、推測できた事件は統制を行い、秘密裡《り》に処理しているが、追いついていない部分もある」

正規はいったん言葉を切り、深く息を吐いた。

昨日の庭園の噂のことだろう。統制が間に合っていれば、ネットで広がってはいない。

「被害者たちは地域も性別も年齢もばらばらで、はじめのうちは無差別のように思われた。しかし、ここ数週間ほどは、矢背の血族が連続して襲われていることがわかった」

驚きから、鴇守はまじまじと正規を見つめてしまった。

「複数人が集まったなかで、矢背のものだけを選んで襲っていたケースが数件あった。矢背姓を持つ一族であっても、鬼使いに生まれつかなければ、ほぼ人間だ。鬼がどのようにして見分けているのかも、我々にはわからない。一般の血族はともかく、東北と中部支部の鬼使いたちも襲われた」

「お、鬼使いが？　使役鬼はどうし……」

言いかけて、鴇守は自分で納得した。

仕事のときにしか呼びださないから、鬼使いが襲われたときは、そばにいなかったのだろう。襲われてから慌てて使役鬼を招喚しても遅い。

「食われちまったのか？」

夜刀が訊いた。

「使役鬼が助けに入ったのと、小型の鬼だったので彼ら自身も応戦し、脚を少し齧《かじ》られた程度ですんだ。大型の鬼なら、命を落としていただろう」

鴇守の脳裏には、大型の鬼に食い殺された紅要の最期が浮かんでいた。

小型であっても、鬼は鬼だ。尖った牙は肉を抉り、鋭い爪は肉を引き裂く。人間が立ち向かえる存在ではない。

「な……なぜ、矢背家の人間が襲われるのですか」

恐ろしさで、声が震えた。

矢背一族は鬼の血を引く末裔《まつえい》であるが、人間の血も混じっているので、鬼の捕食の対象から外れはしなかった。

しかし、矢背の血族だけを選んで襲うなど、聞いたことがない。

それに、鬼使いは鬼の血が色濃く表れているからか、鬼に食べられにくいという特性があると言われていたのに。

「調査中だ。襲ってきた鬼たちは使役鬼が殺してしまった。捕らえたところで、尋問が成立する知能を持っているとはかぎらない。鬼たちの目的はわからないが、我が一族がターゲットになっているのは確かなようだ。お前も充分に注意しなさい。襲撃があれば、すぐに報告を。自衛が第一で、余力があれば捕獲に努めてほしい」

「……わかりました」

鴇守は蒼褪《あおざ》めた顔で頷き、ふと思い出した。

「あの、中部支部の鬼使いというのは、久忠さん……ですか？　緑色のずんぐりした、一本角の鬼を使役している？」

「どうして知ってるの？」

口を挟んできたのは、今まで無言で控えていた季和だった。

先ほど敷地内で、鬼が屋根の上に乗っかった車とすれ違い、それが久忠の車だったことを説明すると、季和は顔をしかめた。

「……まだ車の上に乗ってるかもしれないのね。久忠はきっと気づいてないわ。鬼が見えるのは、鬼使いだけじゃないっていうのに」

季和は夜刀と同じようなことを言い、連絡してきます、と当主に断りを入れて、慌ただしく部屋を出ていった。

「心配すんなよ、鴇守。どんな鬼だろうと、鴇守には指一本触れさせせねぇから」

夜刀の言葉は頼もしい。夜刀がそばにいるかぎり、鴇守はもっとも安全だ。襲われる前に、鬼が近づいてもこない。

だが、自分だけが安全なら、それでいいわけではなかった。一般の血族は普通の人間と同じ、鬼も見えず、身を守るすべも持たないのだ。

両親と祖父母の顔が思い浮かんだ。

臆病な鴇守の性格や資質などから目を背け、ただ鬼使いだからと過剰な期待を寄せる彼らとは、良好な関係を築けなかった。

一番口うるさかった祖父は、以前は頻繁に電話をかけてきていたが、鬼使いを煩《わずら》わせるなと勝元が厳しく注意してくれたらしく、ここしばらくは連絡が途絶えている。寂しいどころか、静かで快適だった。

そんな冷えた関係の家族でも、鬼襲撃の恐怖に無防備に曝されているのかと思うと、心配になった。鬼が矢背の血族を襲うという明確な意思を持っていたら、逃げようがない。

鬼使いにも被害が及んでいることに、なんとも言えない気味の悪さを感じる。

もしかしたら、昨日は命拾いをしたのかもしれない。

あのワカメ頭の鬼が、鴇守を害そうと考えていたら、ズボンの裾を引っ張られた一瞬で、鴇守はやられていただろう。完全に無防備で、夜刀は間に合っていなかった。

夜刀も同じことを考えたのか、鴇守の肩にそっと手を置いた。

「久忠さんは、食らう気でかぶりついてきた鬼に、どのように応戦したんでしょうか」

鴇守の疑問に、正規が答えてくれた。

「久忠は空手の師範代でもある。食いついてきた鬼の目に突きを入れ、牙が離れた瞬間に蹴り飛ばしたそうだ。鬼にダメージはないが、使役鬼が来るまでの時間稼ぎにはなる。幼いころからの鍛錬が、久忠を救ったのだ」

「そ、そうですか……」

鴇守は気まずく俯いた。

幼少のころ、鴇守さんも習い事をしてみてはいかがですか、空手でも柔道でも剣道でも、己を鍛えておけば将来のためになります、と勝元に勧められ、柔道の教室に通うことにしたのだが、指導者のスパルタ教育に耐えきれず、やめてしまった。

柔道なんかしなくても俺が守ってやる、と夜刀が言ってくれたこともあって、踏ん張れなかった。夜刀を当てにし、安易な方向に流されすぎていた自分の人生を思うと、情けなくなってくる。

ノックのあとでドアが開き、季和が戻ってきた。

「久忠に使役鬼を戻させました。使役鬼が久忠を心配しすぎて、離れられなかったようです。鴇守くんのおかげで助かったわ。久忠は気づいていなくて、あのまま名古屋《なごや》に帰るつもりだったのよ」

鬼が睨みを利かせた車が高速道路を走っている場面を想像すると、シュールだった。見える人間が偶然通りかかったら、事故につながる危険がある。

しかし、久忠を心配する使役鬼の気持ちも、よくわかった。愛する主が、どこの馬の骨ともわからない鬼に傷つけられたのだ。激怒して、もう二度と、主を傷つけさせまいと決意したことだろう。

主が心配で、そばにいて守ってやりたいのに、主によって六道の辻に戻されるなんて、鬼が可哀想《かわいそう》にさえ思えてくる。

鴇守は夜刀を見上げた。よくわからない鬼のことを、夜刀に訊いてみようと考えた。

「鬼の世界では、矢背一族はどういう認識をされてるんだろう。夜刀が生まれたばかりの俺を見に来たのは、鬼使いが生まれたって聞いたからだって言ってたよな。その話、誰から聞いたんだ？」

「わかんねぇ。口コミを耳にしたんじゃねぇかな」

口コミ、と季和が呟いた。

「鬼たちの間で噂になるほど、矢背の鬼使いは有名だってこと？」

「鬼使いは契約する鬼を探すために、六道の辻に来るんだろ？　昔は数も多かったし、そりゃ、噂にもなるぜ」

「夜刀は六道の辻で鬼使いに会ったこと、ある？」

「ねぇよ。興味ねぇし、近づかねぇし。俺は鴇守だけだから。お前だけが特別で、お前以外のやつらは、どうでもいい」

　不穏当な発言が飛びだしたので、鴇守は話を変えた。

「矢背の鬼使いと、矢背の鬼使いでない人の区別はつく？　先祖の血が濃いとか薄いとか、基準があるのかな」

「鬼使いはわかる。理由はわかんねぇけど、なんかわかる。鴇守は別格だぜ？　そこらへんの鬼使いとは可愛さが違う。月とスッポンほど違う。お前は光り輝いてる」

　鴇守はかぁっと頬《ほお》を染めた。夜刀に褒められて嬉しいのと、じつは鴇守のほうがスッポンだという事実に対する恥ずかしさが、混在している。

「お、俺のことはいいから……！　じゃあ、矢背の鬼使いでない普通の人と、矢背以外の普通の人との区別はどう？」

「鴇守以外の人間なんか、気にしたことがねぇからわかんねぇよ」

　夜刀は面倒くさそうに肩を竦めた。

「ちょっとだけ考えてみて。名前とかなにも情報を知らされずに、人間を二人並べて、どっちが矢背の血族か判断しろって言われたら、できそう？」

「……近づいて匂いを嗅《か》いだらわかる」

「独特の匂いがするのか？　矢背一族は」

「うーん、独特っていうか、酸味が効いてるっていうか」

「さ、酸味？」

「いや、酸味じゃねぇかも。錆《さ》びた鉄……？　違うな。あー、うまく言えねぇ」

表現に苦慮して、夜刀はがりがりと髪を掻《か》きまわした。感覚的なことを言葉にするのは、得意でないのだ。

「じゃあ、どれくらい近づいたら、矢背の血族だってわかる？」

「人によって違う。俺は鴇守の家族くらいしか会ったことねぇけど、じいさんなら、同じ家のなかにいればわかる。父親は鼻を寄せないとわかんねぇ。うっすいから。あ、母親と勝元はけっこう濃いな」

「俺と似た匂いなのか？」

「似ても似つかねぇよ！　お前はこの世のすべてのいいものを集めたみたいな……うっとりするっていうか、うーん、とにかくもう、すげぇんだから！　一緒にすんな」

やはり表現に苦慮しつつ、夜刀がきりっと決めた。

「鬼たちが矢背の人間を狙うのは、どうしてだと思う？　鬼は矢背家を嫌ってるのか？」

夜刀は首が折れそうなほど横に傾げ、しばらく考えたのちに、

「さぁ？」

と言った。

身を乗りだしていた季和が、がくっとしたが、それが夜刀の精一杯の返答であると、鴇守にはわかった。

矢背を襲う鬼たちの気持ちや考えなど、夜刀にわかるわけもないのだ。

「……あまりお役に立てないようで、申し訳ありません」

鴇守は謝ったが、当主は真剣な顔で夜刀の言葉に聞き入っていて、なにか情報を得られたかのように頷いた。

「いや、よくわかった。今後、お前の鬼の力を借りることが増えるだろう。なにか情報を得られたら、報告するように」

今日の会見は終わったらしい。

季和に促されて部屋を出ようとした鴇守は、同調のことを思い出して立ち止まった。

鬼使いに話を聞くなら、今しかない。

鬼退治は継続なのに、一人で悶々《もんもん》と考えこんでいても、解決策は浮かびそうにない。やる気を示せば、期待させてしまう。期待は鴇守を追いつめる。しかし、前に進めず、後ろにも下がれず、足踏みばかりをしているのはもっといやだ。

相手は当主と側近で、失礼かもしれないが、ほかに頼る人がいなかった。

「あの、ひとつお伺いしたいことがあります。鬼と同調するとは、どういうことでしょうか。どのような訓練をすれば、できるようになりますか」

正規と季和は、はっとなって鴇守を見た。予想もしない言葉が鴇守の口から出て、驚いたようだ。

「誰に訊いたの？　勝元かしら？」

「い、いえ。あの、き、気づいた……というか、思い出したんです。紅要……さんが話していたことを」

矢背家と犬猿の仲の退魔師から聞きました、とは言えず、鴇守はしどろもどろになりながら、なんとか取り繕った。

「彼がなにを言ったの？」

「離れた場所にいる使役鬼の目を通して、その鬼が見ている光景を見たとか、使役鬼には逆らえない強制力を持った命令を出して従わせるとか、そういうことを。同調というのかなんというのか、よくわかりませんが、そんなことができるなら、俺もやってみようかと思いまして」

「まぁ」

と言って、季和は右手を口元に当てた。

それは、働きもせず、家でごろごろしていた不肖の息子が、目的を見つけて羽ばたいていこうとするのを眩《まぶ》しく見つめる母親の目に近かった。

「やり方とか、コツを教えていただければ、夜刀と特訓します。勘のいいほうではないので、時間がかかると思いますが」

「鴇守」

「はい」

正規に呼ばれて、鴇守は姿勢を正した。

「それは鬼使いの資質によるもので、あるものにはたやすく、あるものには難しい。鬼の能力は関係ない。おそらく、お前一人では開眼できないだろう。補助につくものを手配しよう。準備ができれば、追って連絡する」

思いもよらず大事になってきて、自分から言いだしたことなのに、鴇守は尻込みしたくなった。第三者を挟まねばならないのも、気が重い。

正規の言い方では、鴇守は難しいタイプに分類されるようだ。みそっかすなのだから、難しくて当然だ。

そして、懸命な努力が結果に結びつかないことも、世の中にはたくさんある。

だが、数分前の意見を撤回するわけにはいかなかった。慈愛に満ちた季和の表情が、じわじわと鴇守を追いこんでくる。

逃げられない。鴇守が望んだことだ。

とりあえず、努力はしなければ。

「……わ、わかりました。よろしくお願いいたします」

鴇守は頭を下げた。

部屋から出た鴇守は、夜刀と連れ立ってエレベーターに乗りこんだ。

「特訓するなら、鴇守と二人きりがいい。補助についたのがいやなやつだったら、辞めさせてもいいか」

「駄目だよ。ご当主さまが考えてくださった最適な人に違いないんだから、頑張らないと」

「俺はずっと鴇守のそばにいるのに、意味ねぇと思うけど。だって、俺たちが離れた場所にいるからこその、同調ってやつだろ？」

「それはそうだけど。この先の人生は長いんだし……あ、夜刀には短いかもしれないけど、なにが起こるかわからない。俺たちが引き離される事態に陥ることが、ないとは言いきれないだろ。もしものときの備えだと思って、夜刀も協力してよ」

唇を尖らせている夜刀を、鴇守はなだめた。

「もしもへったくれもねぇよ。俺がお前から離れるなんて、絶対にない。離れてたって、すぐに戻る」

「お前を信じてないわけじゃない。夜刀、お願い」

鴇守が両手を合わせて拝むように頼むと、夜刀はしぶしぶ頷いた。

「そうやって、可愛くお願いしたら俺が言うことを聞くと思ってるんだろ」

「聞いてくれるよな？」

「まぁ、聞くけどよ。だって可愛い鴇守の、可愛いお願いだもんな」

エレベーターのなかだったので、鴇守は夜刀をぎゅっとハグした。

「ありがとう。ついでと言ったらなんだけど、鬼退治も頑張りたい。俺たちがたくさん退治すれば、被害が減るよ、きっと。夜刀、ちょっとだけ小さく……」

「ならねぇ」

最後まで言いきる前に、断られてしまった。

エレベーターを降りて、吹き抜けになっているロビーを歩いているとき、夜刀が立ち止まって、上を見た。

「夜刀？　どうした？」

鴇守も立ち止まり、夜刀が見ている方向に視線を向けた。

四階の廊下から、見知らぬ男が鴇守たちを見下ろしていた。

まだ若そうな男である。眼鏡をかけていて、表情はよくわからない。

鴇守と夜刀、どちらを見ているのかわからないが、鴇守は自分が睨まれていると感じた。敵意を向けられていると言ってもいいかもしれない。

子どものころから苛められ慣れているだけあって、そういう視線には敏感なのだ。

夜刀が牙を剝いた。

「やんのか、こら！」

それに恐れをなしたわけではなさそうだが、男の顔は引っこんで、見えなくなった。

「見たことない人だ。鬼使いの誰かかな？」

夜刀は眉間に皺を寄せ、不審そうに言った。

「いや、鬼使いじゃねぇ。似てるけど、退魔師とも違ってた……ってことは、陰陽師か？　それっぽいような気がする」

「えっ、陰陽師？」

鴇守はびっくりして夜刀を見上げた。昨日、星合に矢背に陰陽師がいるかどうか訊ねられたばかりだ。

なにか、関係があるのだろうか。もっと詳しく訊いてみるべきだったかもしれない。

「あの人、矢背の人間だよな？」

「遠くて、判別できなかった」

最強の夜刀も、万能ではない。

だが、きっと、矢背姓を名乗るうちの一人だろう。仕事の依頼人や取引相手が、矢背本家の当主がいるビル内に、単身うろつくことを許されるとは思えない。

どうして陰陽師が矢背にいるのか、なぜ鴇守が睨まれたのか、考えたところでわかるはずもなかった。

「矢背家って知れば知るほど、奥深い家だな」

「深かろうが浅かろうが、鴇守を苛めるやつは俺が許さねぇ。あいつも、また睨んできたら俺が睨み返して、ちびらせてやるぜ！　それより、早く帰っていちゃいちゃしようぜ。とんだ邪魔が入っちまった」

「……うん」

鴇守は曖昧《あいまい》に頷いた。

さっきの話を聞いたばかりでは、楽しく夜刀と戯れる気分にはなれなかったが、夜刀の協力なしに鴇守だけが動いても鬼退治はできない。

正規も季和も、鴇守に期待を寄せていなかった。

しっかりしろと怒られることも、頑張れと発破をかけられることもなく、ただ、使いどころのわからない駒として無為に飼われている。

役に立たない自分が、今は無性に恥ずかしかった。

4

「私は隠塚右恭《おんづかうきょう》。矢背の修復師《しゅうふくし》です」

三日前、ロビーにいた鴇守《ときもり》を四階から睨《にら》みつけていた男が、自己紹介をした。

すらっとした長身の男で、眼鏡をかけている。年齢は二十代半ばくらいだろうか。鴇守より四、五歳は年上に見えた。

整った綺麗《きれい》な顔立ちをしているが、切れ長の目の眼光は鋭く、引き結ばれた口元は気難しそうだ。

修復師、という初めて耳にする名称に疑問を抱きつつ、鴇守も名乗った。

「矢背《やせ》鴇守です。こちらは使役鬼の夜刀《やと》です」

本家から呼びだしを受けた鴇守と夜刀が連れていかれたのは、現屋敷の敷地内にある平屋の建物だった。

玄関を入ると広々とした待合室があり、開け放たれた扉の向こうは、畳が敷かれた道場であった。ざっと見たところ、五十畳はありそうだ。

久忠《ひさただ》のことが頭をよぎり、まさか護身のために格闘術を習わされるのではないかと、どきどきしながら待合室で待っていると、正規《まさのり》が右恭を伴って現れた。

前回、鴇守が口にした鬼との同調の件について呼びだされたのだと予想はついていたが、当主が直々に出向いてくれるとは思わなかった。

忙しいだろうに、鴇守のために時間を割かせていることが心苦しかった。鴇守など、なにをやらせてもどのみち大成しないのだから、部下の誰かに任せてくれてかまいませんと進言したくなる。

正規が口を開いた。

「右恭にお前の指導、補佐役を頼んだ。お前が知りたいこと、やりたいことはすべて、この右恭から学ぶといい。修復師は鬼使いたちを補佐する役割を担っている。一族のなかで、鬼使いと鬼についてもっとも詳しい。そして、右恭の力量は過去数百年の修復師たちと比較しても抜きんでている。未熟なお前を導いてくれるだろう」

「なんだその、修復師ってのは。陰陽師《おんみょうじ》とは違うのか」

胡散《うさん》くさそうな顔で、右恭をじろじろ見ていた夜刀が言った。

「鼻の利く鬼のようですね。修復師と陰陽師は同じです。昔、矢背家に生まれた陰陽師が、修復師と名乗ったのが始まりです。修復師は矢背姓を使いません。古来からの習わしです」

右恭の説明に、鴇守は困惑した。

「……矢背家に陰陽師はいない、と教えられてきましたが」

「いませんよ、陰陽師は。修復師がいるだけです」

木で鼻をくくったような答えである。

鴇守は次に繰りだす言葉を失い、黙った。

控えめに言って、印象は最悪だった。

全身から冷たい拒絶の、しかも怒りの混じったオーラが発散されていて、友好的な部分が見受けられない。

当主が褒めるほど抜きんでた才能を持っているのに、役立たずの鬼使いの補佐をさせられるのが、気に入らないのだろう。

鴇守だって、そんなすごい人をつけられても困ってしまう。有能な人の貴重な時間を奪うのは、矢背一族全体から見てマイナスである。

しかし、正規には正規なりの考えがあって右恭を指名したのだろうし、鴇守が尻込みして遠慮しても、決定を覆したりはすまい。

「修復師の存在を知っているものは、矢背一族のなかでも限られている。鬼使いでさえ、全員が知っているわけではない。修復師本人に会ったことがあるものは、さらに少ない。修復師が成り立ってきた歴史によるもので、現在でも修復師の名や存在は秘匿《ひとく》されている。偶然に知る機会があっても、口外無用だ。鴇守、お前もそれを守らなければならない」

正規の言葉の意味を理解してから、鴇守は頷《うなず》いた。

「……はい。誰にも漏らしません」

「うむ。修行にはこの道場を使いなさい。結果を出すには、時間がかかるだろう。やると決めたからには、腐らず一心不乱に励め。万が一にも成功したら……いや、使役鬼との同調は、できるに越したことはない。よりいっそう、使役鬼を身近に感じられるはずだ。では、右恭、あとのことは頼んだぞ」

「承知しました」

待合室を出ていく正規を、右恭は完璧な角度に腰を曲げて見送った。

鴇守も慌てて、それに倣《なら》った。

夜刀だけが、鴇守の横で腕を組んで踏ん反り返っている。

「当主のやつ、万が一って言いやがった。そんな難しいのかよ」

「鴇守さんの才能がないということです」

「……!」

右恭の豪速球に腹を抉《えぐ》られて、鴇守は固まった。

修行を始める前から断言されてしまったが、修復師は見ただけで、才能のあるなしがわかるというのか。

「おい、なに言ってんだ。修復師だかなんだか知らねぇが、鴇守は才能に溢《あふ》れてるだろうが。可愛《かわい》いっていう最強の才能にな!」

夜刀の反論を、右恭は鼻で笑った。

「すべての鬼を惹《ひ》きつけ、未契約でも使役可能という稀《まれ》なる才能に恵まれながら、鬼が怖いと引きこもる。生かせない才能など、ないも同然です。鬼との同調を希望しているようだが、私が見たところ、その才にも恵まれているとは言いがたい。真に才能溢れる鬼使いは、誕生の瞬間からそうとわかります。優れた鬼使いになるよう、教育に力を入れ、心身を鍛え、経験を積ませる」

「か、可愛い以外の才能がないのは、鴇守のせいじゃねぇだろ！」

「もちろんです。しかし、無力であっても、一族のために働きたいと熱望するのが、鬼使いに生まれたものの使命。正規さまから聞いています。鴇守さんは矢背の仕事はしたくないと言う。論外です。今は鬼退治に精を出しているそうですが、そこでも結果を出せていない」

右恭はそこで言葉を区切り、大げさに肩を竦《すく》めてみせた。

「その年まで、鬼使いのなんたるかも知ろうとせず、矢背一族が担ってきた責任から逃れ、無為に過ごしてきたものが、今さら少しやる気を出したところで、なにもできません。逆に訊《き》きたいですね。鴇守さんが目指しているものはなんなのか」

目指しているもの、と言われ、鴇守は考えた。

同調することで使役鬼との関係をもっと密にできれば、自分も一族の役に立てるのではないかと考えたのだが、では、その力を使って人を殺してきなさいと命じられたら、全力で断るだろう。

「鴇守はなにもできなくていいんだよ！　ずっと俺と一緒にいればいい。やらなきゃいけないことがあるなら、俺が全部やってやるから問題ない」

「すべて鬼に肩代わりしてもらう。そのような安易な人生を生きることに、なにか意味があるのでしょうかね」

鴇守はなにも言い返すことができなかった。

右恭の言葉は苛辣《からつ》だが、すべて鴇守の心のなかにあったものだった。意外に思うことも、それは違うと否定できることもない。

「もうお前、黙れ！　鴇守を苛《いじ》めるな！　お前なんかに鴇守のことがわかってたまるか！」

牙《きば》を剥《む》いて吠《ほ》えかかる夜刀を、右恭はあっさりといなした。

「苛めてなどいませんよ。ただ、事実を語っているのです。そうでしょう、鴇守さん」

「……」

蒼褪《あおざ》めた顔で、鴇守は俯《うつむ》いた。

そのとおりだった。事実を指摘され、傷ついたり、疚《やま》しい気持ちになったりするのは、それを鴇守自身が負い目に感じているからだ。

現状のままではいけないことを、自分でもわかっていながら、どうすることもできなかった。解決策を見つけられなかった。

夜刀に頼りきって、楽なほうへ流される人生を送ることを、鴇守が望んでいたから。

向上心が出てきたなんて勘違いで、結局自分のやりたいことしかやらないのなら、それはどこも目指していないのと同じだ。

すっかり打ちのめされてしまった鴇守に、右恭は言った。

「周知の事実を述べても、状況は変わりません。私は正規さまから、ごく一部のものしか知らない矢背家の裏の歴史、修復師の成り立ちや鬼使いとの関係について、鴇守さんに説明するように言われています。ですが、今はなにを話しても、頭に入らないでしょう」

右恭は足元に置いていたカバンのなかから紙の束を取りだし、テーブルの上に置いた。

「これに、詳細をまとめておきました。矢背家の機密ですから、失《な》くしたり、人に見られたりしないように。一枚目から読み進めてください。最終ページを読み終えたらそれは自動的に消滅します。私に教えを乞《こ》いたくない、一生無能な鬼使いでいたいと思ったなら、早めにご連絡を。私も忙しい身でね、無駄な用事に割ける時間は持ち合わせていないので」

立板に水を流すようにまくしたてられて、さすがの夜刀も口を挟めないでいるうちに、右恭はカバンを持ってさっさと道場を出ていった。

突然襲ってきた嵐に巻きこまれ、揉《も》みくちゃにされたかのようだった。

頭がくらくらして立っていられず、鴇守は椅子に座った。

「なんだ、あいつ！　好き放題言いやがって！　鴇守、泣くなよ。大丈夫だからな？　俺があいつをひどい目に遭わせてやるから！」

夜刀が飛んできて、鴇守を椅子ごと抱き締めた。夜刀の腕のなかは、鴇守が一番落ち着ける場所のはずだが、今はなんだか息苦しい。

鴇守はそっと、夜刀の腕から逃れた。

「苛められたわけじゃないんだ。あの人にはなにもしないで」

「でもよ！」

「いいんだ。彼の言ったことはすべて正しい」

「なぁ、鴇守。修行なんか、やめちまおうぜ。あいつとこの先、顔を合わせるのもムカつくしよ。やめます、って言ってもいいんじゃねぇか」

夜刀の優しい言葉が胸に突き刺さる。ここに至って、まだ迷いを見せる己の弱さが、情けなかった。

普通なら、なにくそ、と奮起するところだ。右恭や当主を見返してやるために、死にもの狂いで頑張るという選択を取るべきところだ。

役立たずは役立たずなりに多少は成長するかもしれないし、結果を伴わなくても、頑張れば努力しただけの自信が身につくだろう。

だが、それでも鴇守は迷う。

その努力の先にあるのは、輝かしい未来ではなく、人を殺す仕事をさせられるかもしれない、という恐怖だ。

いやなのだ。それだけは、どうしてもいやだ。

たとえ、紅要《こうよう》のような自己中心的で、何人もの人間を殺し、鴇守をも殺そうとした残虐な男でも、夜刀に殺せと命じることは鴇守にはできない。

それが鴇守の弱さで、矢背一族に必要とされない資質なら、鴇守は頑張らずに潔く身を引くべきではないか。

逃げて、ひたすらに逃げて、道端に転がる石のごとく無価値な人生を送るのも、ひとつの道だ。鴇守の隣には、いつだって夜刀がいてくれる。どんな鴇守だって、愛してくれる。

だが、最強の鬼を使役しながら、血族が鬼の襲撃に恐怖している今、道端の石になることを選ぶのが正しい道とは思えない。

見過ごせないと感じたからこそ、一歩前に進んで同調を学ぼうと考えたのだ。

鴇守が選ぶべき道は、どこにあるのだろう。なにが正しくて、なにが正しくないのか、もうわからない。

答えの出せない思考にはまりこんでいた鴇守の目に、右恭が置いていった紙の束が映った。

鴇守が知らない、矢背の機密が書いてあると言っていた。

尻尾《しっぽ》を巻いて逃げだし、今後も矢背家に深く関わるつもりがないなら読む必要はないけれど、鴇守はそれを手に取った。

「すげぇな。細かい字がいっぱい書いてある」

夜刀が横から覗《のぞ》きこんできた。

鴇守に読ませるためだけのものだからか、表紙はなく、一枚目から隠塚家の始まりについて書きだしてあり、鴇守はついつい目で追ってしまい、そして引きこまれた。

隠塚家の始祖は、隠塚直頼《ただより》。矢背本家の八代目嫡男《ちゃくなん》として生まれた。

七代目までは、分家も含めて生まれた子のすべてが鬼使いだった矢背一族における、初めての鬼使いでない子どもだったのである。

その代わり、直頼は陰陽師の資質を持っていた。

さらに、直頼誕生の一年後に生まれた直頼の異母弟、直道《ただみち》は鬼使いではなく、陰陽師の資質も持っていない、つまり普通の人間だった。兄は鬼や悪霊などが見えたが、弟は鬼さえ見ることができなかった。

時代は鎌倉。

平安時代に鬼使いとして生きることを決めた矢背家は、陰陽寮から離脱し、「矢背一族には陰陽師は存在しない。いるのは鬼使いのみ」という触れこみでやってきた。

それが、たった八代目にしてこうなってしまった。

本家も分家も騒然となり、誰もが鬼使いでないものを一族とは認めなかった。

直頼、直道兄弟は速やかに矢背家から切り離され、隠塚という新しい姓を与えられた。要するに、存在自体をなかったことにされた。

これが隠塚家の始まりである。

矢背の恥部として蔑まれた直頼は、不遇を恨むことなくすべてを受け入れ、陰陽師となって一族に貢献すべく修行を積んだ。

折も折、矢背家の祖の父、陰陽師の秀遠《ひでとお》が遺《のこ》した鬼来式盤《きらいしきばん》や千代丸《ちよまる》といった対鬼用の術具や呪具が七代を経て傷《いた》んできており、その修復を外部の陰陽師に依頼すべきかどうかを、当主は決めかねていた。

傷んだ道具を修復したり、新しく作ったりできる能力を持った直頼の存在は、鬼使いにとっては渡りに船で、次第に存在を見直されるようになっていく。

しかし、秀遠の再来とまで言われた直頼自身は、鬼使いの家系に生まれながら、陰陽師になってしまった出来損ないの己を恥じ、自らを修復師と名乗り、生涯矢背の鬼使いのために力を尽くした。

「……それで、矢背家に陰陽師はいない、か」

半分ほど読んで、鴇守は顔を上げた。

「なんて書いてあったんだ？」

鴇守の顔に自分の顔をくっつけるようにして紙を覗きこんでいたくせに、夜刀は読んでいなかったらしい。鴇守と密着していたかっただけなのだろう。

鴇守は知り得たことを掻《か》い摘《つま》んで説明した。

鴇守としては、驚きの新事実が発覚したわけで、じつに興味深かったのだが、夜刀は、へぇ、と短く相槌《あいづち》を打っただけだった。

「へぇ、って反応が薄いな。本家嫡男として生まれながら、鬼使いでなかったなんて、本人は大ショックだよ。今と違って、まわりは全員鬼使いなんだし。矢背家の歴史を勝元《かつもと》さんから学んだときにも、俺は子ども心に思ってたんだ。祖の秀守《ひでもり》さんから始まった鬼使いの家で、鬼使いに生まれなかった最初の人は、どんな人生を送ったんだろう。その子を産んだ親は、どんな気持ちで我が子と接したんだろうって」

それが八代目になり損ねた隠塚直頼だった、とまでは知らなかったが、直頼、直道兄弟が筆舌に尽くしがたい苦悩の人生を送ったことは想像に難くない。

両親、祖父母、親戚に至るまで全員が鬼使いなのだ。とてつもない疎外感である。

そして、一族のものたちは彼らの誕生に、不吉な予兆を感じ取ったに違いない。

鬼の血が薄まっていくことで、なにかしらの弊害が起こる可能性を危惧《きぐ》していただろうが、それが現実に具体例となって表れた。

普通の人間が増えていき、鬼使いが消えれば、矢背家は終わる。

直頼と直道兄弟は、一族の負の感情すべてを背負って生きざるを得なかった。

「直頼さんが悪いわけじゃないのに。いやなことは数えきれないほどあっただろうし、失望の連続で、惨めで情けない思いもしただろうに、矢背家を恨まず、修復師になって支える道を選ぶなんて、すごい人だよね」

「八代目のなり損ないはどうか知らねぇけど、あの眼鏡野郎は駄目だ。鴇守に厳しくしすぎる。鴇守は俺が支えるから、修復師なんか必要ない」

「夜刀……」

隠された歴史に触れて、鴇守はしんみりした気分になっていたが、夜刀は過去を振り返らず、今だけを見ている。

鴇守は夜刀の頭をぽんぽんと優しく撫《な》で、つづきに目を通すことにした。

ここからは、修復師として活躍する隠塚家の歩みのようだ。

時代は鎌倉から建武新政を経て、南北朝時代が到来する。

敵対する勢力のどちらにつくべきなのか、占術によって指南し、呪術によって鬼使いたちを補佐したのは修復師だった。

当主のもと、一致団結しているように見える鬼使い集団だが、実際には一枚岩ではない。当主を引きずり降ろして、成り代わろうと野心に燃えるものたちは、いつの時代にもいた。

選択を誤れば、たちまち当主の責任が問われ、足を掬《すく》われる。

そんななかで、矢背の権力争いから外れた位置にいる修復師は、当主の信頼を強めた。

そのころには、分家でもぽつぽつと鬼使いでない子が生まれるようになっており、そのなかでも陰陽師の資質を持った子は先例の隠塚に倣ってそれぞれ隠谷《おんだに》、隠崎《おんざき》の姓を与えられ、修復師の家系は三家となっていた。

鬼使いたちは修復師と懇意な間柄になろうと、些細《ささい》なことでも相談するようになったが、鬼使いに比べて修復師の数は圧倒的に少なかった。

直頼、直道兄弟の誕生以降、一族の血族婚に拍車がかかり、鬼使いが生まれるうちに増やしておこうとでも考えたのか、出産率も上がった。普通の人間がときおり生まれることもあったけれど、それ以上の数の鬼使いが生まれ、分家を作って枝分かれし、全国へと散っていった。

いつか普通の人間しか生まれなくなる、という危機感が、矢背家を繁栄へと導いたのだ。

そして、それが新たな諍《いさか》いを招いた。

鬼使いの全盛期である戦国時代から江戸時代初期には、鬼使いによる修復師の奪い合いが起こったため、当時の矢背家当主が隠の一族すべてを保護し、管理下に置いた。

無断の接触は断固としてならず、修復師の存在はなかったものとして秘匿し、漏らしたものには制裁を与えると当主が命じたほど、争奪戦は熾烈《しれつ》を極め、巻きこまれて死亡した修復師もいたという。

現在も修復師と接触できるのは、当主とその側近など限られたものだけである。

「くぁ」

夜刀があくびをしたので、鴇守は苦笑した。一族同士の殺伐とした歴史に、鴇守の腕は鳥肌が立っているのに、呑気《のんき》なものだ。

「鬼のくせに、河童《かっぱ》みたいな声を出して」

「河童はキュウキュウって鳴くだろ」

「……」

鴇守は能面のような表情で夜刀を見た。

冗談だ、と笑ってくれるのを待ってみたが、夜刀は、お前まさか本気で河童がくぁって鳴くと思ってたのか、と言いたげな顔をしている。

鬼がいるのだから、河童がいてもおかしくない。世の中は広いのだ。

鴇守は視線を逸《そ》らし、無言で紙をめくった。

「あ、見て夜刀。鬼封珠《おにふうじゅ》に鬼を封じるのも、修復師の役目なんだって」

鬼封珠とは文字どおり、鬼を封じこめるための矢背家伝来の道具である。

虹色に輝く水晶玉で、鬼使いが扱いきれなくなった鬼や、滅することが難しい強力な悪鬼を捕らえて封じてしまう。中身が入ると、珠の色は黒く変色する。

呪がかけられた珠から逃げだせた鬼は一匹もいないらしい。

夜刀が小鬼だったころ、鵖守を苛められた仕返しをして人間を傷つけたときにも、いい加減にしないと鬼封珠に封じるぞ、と脅されたものだ。

「これも、鬼使いが数人集まって、術をかけて封じるって俺は習ったけど、実際は修復師がやってたのかな」

「さぁな。でも紅要の野郎がよ、酔っぱらった俺にこれ見よがしに空の鬼封珠を見せて、これがお前の新しい家だ、とか言ってたじゃねぇか」

夜刀に言われて、鵖守も思い出した。

「あ、そうだった。矢背から追われてたあの男に修復師がついてたわけないから、自分でやるつもりだったんだよな」

思い返すに、紅要は底の知れない恐ろしい男だった。

「矢背家から十年も逃げつづけたことも、今考えれば、とてつもなくすごいことだよ。こっちには占術や呪術を使う修復師が、少なくとも数人はいるわけだし。どんなに上手に潜伏しても、すぐに突き止められそうな気がする」

「本家のやつらが間抜けだったんだろ」

夜刀はあっさりと結論づけたが、それでは片づかないだろう。

紅要がどうやって、本家の追手から隠れ、逃げおおせたのか。まだまだ、鵖守が知らない秘密がありそうだ。

なんとなく憂鬱《ゆううつ》な気持ちになりながら、鴇守はつづきを読みきってしまうことにした。

「これで最後だよ。ええっと、修復師三家のなかでも一番力の強い修復師は、矢背家当主の対《つい》となり、生涯離れず身命を賭《と》してお仕えする」

「対？　対ってなんだ？」

夜刀が不穏な単語に敏感に反応した。

「……わからない。書いてない。現在の最強は隠塚家で、もっとも近い位置で当主を補佐するのは修復師最高の誉れである。鬼使いのためだけに生まれ、生きて、そして死ぬ。鬼使いに必要とされなければ、存在する意味はない。……これで終わり」

「おい、対ってなんだよ、鬼使いの対は鬼だろうが」

「俺もそうだと思ってたけど、えっ、うわっ！」

言いながら、鴇守が紙の束をまとめた瞬間、紙から炎が上がった。

「離せ！」

燃えている紙を、夜刀が咄嗟《とっさ》に手で払い落としたが、炎はべつに熱くはなかった。紙は机の上で燃え尽き、机には滓《かす》も燃えた跡も残っていない。

まるで、夢か幻のようである。

鴇守は呆然《ぼうぜん》として呟《つぶや》いた。

「自動的に消滅するって、こういうことか。一応、警告はしておいてくれたんだな」

「燃えてなくなるなら、最初からそう言えってんだ。底意地の悪い野郎だぜ」

「……意地悪になるのも、当然かもな」

なにもなくなった机の上を、鴇守は指でなぞった。

鬼使いあっての、修復師。鬼使いに尽くすことが彼らの存在意義であり、幸福であるのかもしれない。

鴇守は衰退の一途をたどっていると言っても過言ではない一族のなかで、十年ぶりに生まれた鬼使いである。

修復師たちは誰よりも喜び、期待に沸《わ》いたであろう。

そして、失望しただろう。

鴇守は一族の出涸《でが》らしのような鬼使いで、才能がないうえに、やる気もない。怖がりで、鬼使いなら誰でも行ったことのある六道《ろくどう》の辻《つじ》への、行き方すら知らない。正直、一生行きたくないと思っている。

「うん。右恭さんでなくても、苛々《いらいら》するよ。自分で客観的に見ても、俺みたいな鬼使いはありえないなって思うし。鬼使いなのに鬼が怖いなんてな」

「ありえるって！　だって鴇守、ここにいるし。鴇守は今のままでいいんだぜ。怖がり、最高じゃねぇか。俺は怖がりの鴇守が大好きだ。暇だから、六道の辻にピクニックに行こう、なんて俺を誘う鴇守だったら、俺、ストレスで禿《は》げるかも。俺に禿げてほしくないだろ？」

鴇守は思わず噴きだした。

夜刀のたとえは、なんだかいつも、どこかおかしい。

「でも、鬼使いとして、鬼ともうちょっと歩み寄ってみるべきだったのかな、って今になって思うよ。今は血族を襲う鬼がいて、怖くて歩み寄れないから余計に」

「絶対、許さない！　俺以外の鬼とお見合いしてみようとか、歩み寄ってみようとか、考えるだけでも駄目だ。俺以外の鬼も、話してみたらいいやつかもしれない、とか思ってるかもしれないけど、いい鬼なんかいないから。俺以外は全部、悪い鬼だから！　……いいか、鴇守。鴇守と指きりげんまんできるのは、俺だけだ」

「……！　……そっか。そうだな」

鴇守ははっとなって、頷いた。

鴇守が夜刀と指きりげんまんをしたのは、五歳のときだった。鬼に怯《おび》える鴇守に、鴇守を含め、人間を食べたりしないと、夜刀は約束してくれた。

食べるとか殺すとか、血腥《ちなまぐさ》いことを鴇守が嫌うので、夜刀は言いまわしにも気を遣い、アレ、という指示語でできるだけソフトに表現している。

夜刀も鬼で、しかも力の強い大鬼だから、鴇守と出会うまでは、人間を食べたことがあったのだろうと思う。鴇守が気に入るような過去の話はひとつもないと言って、口をつぐむのが、その証拠だ。

人間の血肉は鬼の好物で、食べると力が漲《みなぎ》って強くなる。弱肉強食の世界に生きる鬼たちにとって、自分の強さはなにより優先されるものらしい。

鬼たちは本能的に強さを求め、人間界という食卓で食事に勤《いそ》しむ。

夜刀は鴇守のために、鬼の本能を抑えている。人間は食べ物である、と鴇守に思わせたことは一度もなかった。

こんなに優しい鬼は、たしかに夜刀しかいないだろう。

夜刀は他を圧倒する力の強さよりも、この鋼の精神力こそ称《たた》えられるべき、素晴らしい鬼なのだ。

鴇守は誇らしい気持ちになり、むくむくと湧《わ》き上がる愛情の赴くまま、夜刀の首根っこにしがみついた。

夜刀もすかさず、鴇守を抱き締め返してくれる。小鬼の夜刀が懐かしくなるときもあるけれど、こうやって抱き合えるのはなにものにも替えがたい幸せだ。

「お前は本当にいい鬼だな、夜刀。お前が俺の鬼でよかったと、何度も思ったものだけど、今もそう思うよ」

鴇守が改めて言うと、夜刀は嬉《うれ》しそうに笑った。

「わかればいいんだ。そろそろ家に帰ろうぜ。ここにいたって、しょうがねぇし」

「そうだな。勝元さんを呼ぶよ」

鴇守も同意し、携帯電話で勝元に迎えに来てくれるように頼んだ。

勝元は仕事のエージェントであって、鴇守の専用運転手ではない。こういう頼み方は気が引けるのだが、現屋敷に一般のタクシーを呼ぶわけにはいかなかった。

勝元を待ちながら、鴇守は考えこんだ。

鬼使いのためだけに働く修復師。秘匿されている存在を、希望したわけでもないのに教えられてしまった。

やめるなら早めに言えと右恭は言っているが、もはや引き返せないところまで鴇守は来ているのではないか。

どうすればいいのか、まだ答えは出なかった。

5

翌朝、鴇守はやる気になっていた。

いまだかつてないほど、爽《さわ》やかな目覚めだった。ぱちっと目が開いた瞬間から活力が漲っていて、なにかがしたくてたまらなかった。

寝起きにしては機敏な動きで身体《からだ》を起こし、ベッドから下りる。

身体の芯《しん》がうずうずしていて、ジョギングの習慣もないのに、ちょっと外へ出て走りたいと思ったほどだ。

しかし、今日はあいにくの雨だった。太陽が雲に隠れた空はどんよりしていて、室内も暗い。

なのに、鴇守の心身は晴れ渡っている。

「……と、鴇守？　どうした？」

鴇守を抱き締めて眠っていた夜刀が、腕のなかが空っぽになったことに驚き、がばっと起き上がった。

髪に寝癖がついていて、可愛らしい。鴇守は微笑《ほほえ》んだ。

「どうもしない。起きただけ。おはよう、夜刀」

「おはよう……。まだ早いじゃねぇか。二度寝しようぜ？」

「もう目が覚めちゃったよ。今日はなんだか、すごく気分がいいんだ。俺がやるべきことをやりたい気分。今すぐに」

鴇守はストレッチ運動のような動きで、両腕をまわした。

ベッドの上で胡坐《あぐら》を掻《か》いていた夜刀は、喜色を浮かべて身を乗りだした。

「やるべきことって、俺といちゃいちゃすることだよな？　よし、今日は大学を休んで俺と一日くっついていようぜ！　ベッドのなかでしっとり、べったり、ねっとりと！」

いやらしい方面に膨らんだ夜刀の期待を、鴇守はすっぱりと切った。

「いや、道場へ行く。俺はシャワーを浴びてくるから、夜刀は朝食を作って。今日はしっかり食べておきたい」

「えっ、道場？　同調ってやつ、修行すんのか？」

「そう」

「俺は同調より、肉体的に合体したい」

夜刀は不満そうに言った。

「それは昨晩もやったし、いつでもできるだろ。俺と精神的に同調したくないの、夜刀は」

「い、いや、そりゃしたいけど、でも……」

「できるようになったら、すごく便利だと思わないか。それに、親密度だってきっと上がる。お前をもっともっと身近に感じられるかも」

「肉体的に合体したら、身近じゃねぇか。これ以上ないほどに。今日は天気も悪いし、うちでのんびりしようぜ」

寝る体勢に入ろうとしている夜刀の腕を、鴇守は引っ張った。

「ごちゃごちゃ言わないの。とにかく、今日は道場に行くって決めたんだ。ほら、ぐずぐずしないで、動く！」

鴇守に急《せ》きたてられて、夜刀はしぶしぶベッドから下りた。

二時間後、鴇守と夜刀は本家現屋敷の道場に到着した。

送迎を頼んだ勝元がうまく働いてくれたらしく、二人が到着するころに右恭も道場に来てくれることになった。

同調の修行について、右恭と会って話をしなければならないのに、彼は昨日、書類を置いて帰ってしまい、連絡の取り方がわからなかったので、一連の流れの首尾は上々である。

上々の気分でないのは、夜刀だった。

「あのいけ好かねぇ修復師の野郎の顔なんか、俺は見たくねぇな。あいつ、鴇守にひどいことばっかり言うし、偉そうだし、ムカつくし。今日も前みたいに嫌味三昧だったら、ほかの修復師にチェンジしてもらおうぜ」

右恭から学ぶことに腹が立つのか、夜刀はぶつぶつ文句を言っている。

鴇守は夜刀の首に両腕を絡ませ、少しジャンプして夜刀の唇に軽くキスをした。

「……！　と、鴇守？」

「唇を尖《とが》らせてるから、キスしてほしいのかと思って」

鬼退治の仕事中に、夜刀が鴇守にしたことをそっくり返してやると、目を丸くしていた夜刀が、さらに驚いた顔をした。

鳩が豆鉄砲を食ったような顔がなんだか可愛くて、鴇守は微笑んだ。やる気にも満ちているが、夜刀への愛情にも満ちている。

その二つの成分で、今の鴇守が成り立っている気がするくらいだ。

「嫌味ぐらい、どうってことないよ。気にならない。同調の修行は、俺一人じゃできないんだ。お前にも協力してもらうから」

鴇守は夜刀の首にぶらさがったままにっこりと微笑み、はっきりと言った。

鴇守の尻の下に両手をまわして支えてくれながら、夜刀が困惑した顔で訊いてきた。

「……お前、なんか妙にハイテンションなんだが、大丈夫か？」

「そうかな。ただ、やる気が張ってるだけなんだけど。目が覚めたときから頭がすっきりして て、身体の底から力が湧いてくるっていうか、昨日までの悩みとか迷いが、綺麗さっぱりどこかに消えてなくなった感じがする。今は前を向いて進みたいんだ。足が止まるまで」

「前を向いて進むってのは……」

夜刀がなにか言いかけたとき、右恭がやってきた。

鴇守と夜刀は離れたが、ぴたりと隙間もないほど寄り添って立った。

外は土砂降りの雨だ。ときおり稲妻が走っているのが、窓から見える。

こんな日に来なくてもいいのに、と言わんばかりに右恭はのっけから深いため息をつき、スーツのポケットからハンカチを出して水滴のついた眼鏡を拭《ふ》いた。

眼鏡をかけていても外しても、不愛想で冷たい表情に変わりはない。鴇守に、というより、この世のすべてに不満を抱いているように見える。

昨日だったら、話しかける勇気もなかっただろうが、今日の鴇守は一味違う。右恭が長く美しい指でハンカチをしまい、眼鏡をかけ終えるのを待って、はきはきと挨拶《あいさつ》をした。

「おはようございます。お忙しいところ、わざわざ来ていただき、ありがとうございます」

右恭はじろり、と鴇守を見た。

「……大きな声を出さなくても聞こえています。昨日とは、顔つきが違いますね。なにか変化がありましたか」

「変化があったのかどうかは、よくわからないのですが。修復師についての書類はすべて読ませていただきました。大変興味深かったです。修復師の存在を知ることで、矢背の歴史を学んだときに疑問に思った事柄の答えを得られました」

「……そうですか。では、今日ここに来た理由を、お訊きしましょう」

「自分がやるべきことを、やらねばならないと考えました。同調など、鬼との連携や絆《きずな》を深める方法を学び、己のものにしたい。ほかの鬼使いたちができることは、すべて習得したい。そのために来ました。才能がなくても、努力します」

大変なことだが、鴇守は気負わず、すらすらと言った。

「才能のあるなしは、努力ではカバーできないのですよ」

「しかし、ご当主さまが修行に励むよう、俺におっしゃったのは、カバーできる可能性があると思われたからでしょう。俺も弱いままではいられません。いざというとき、自分やせめて、自分の家族くらいは守れるだけの力を持たなければ」

「ずいぶん勇ましい発言ですね。絶対にできると思っているようですが、その自信はどこから来ているのですか」

どこから、と訊かれて、鴇守はなんとなく夜刀を見上げた。

夜刀も鴇守を見下ろしている。

視線が交わると、なんだか力が湧いてくる気がした。夜刀の存在が、鴇守に力を与えてくれるのだ。

夜刀さえいれば、なんでもできる。だから、同調だってきっとできる。やり方さえわかれば、お茶の子さいさいでできてしまうのではないか。

非常に楽天的な考えだったが、修行が実を結ぶかどうかは実際、やってみなければわからないことだった。

やるからには、できると思って挑むほうがいいに決まっている。できないだろうけど、とりあえずやってみます、では、成功など摑《つか》めない。

すべてがこれからで未知数の鴇守に、自信の所在などを訊いて、右恭はなにを判断するつもりなのか。

不思議に思い、鴇守は正直に言った。

「質問の意味がわかりません。修行にあたって、俺のやる気や自信の源を究明するのが、重要なことですか」

みそっかすの生意気な反論に、右恭の端整な顔が怒気を孕《はら》んだ。

「では、覚悟のほどを訊《たず》ねましょう。鬼使いの能力の向上を目指すということは、その力を以《もっ》て矢背に貢献するということです。どんな仕事もこなす、覚悟はできていますか」

暗殺の仕事ができるのか、と右恭は言っているのだ。

そこまでの覚悟は、できていなかった。

鴇守はそもそも、鬼退治に行き詰まって、同調にたどり着いた。同調という便利な力を会得《えとく》して、鬼退治に生かしたいと思いこそすれ、これで暗殺もお手のものです、なんでもやります、などという考えには至らない。至るほうがおかしいと思う。

なので、鴇守はまた正直に言った。

「それは今、求められなければならない覚悟ですか。その覚悟がなければ、同調の修行をしてはいけないのですか。今は鬼退治が急務だと、ご当主さまはおっしゃいました。俺は鬼退治のために同調の力を使いたいと思っています」

「なるほど、鬼退治のためですか。あなたのその、鬼を惹きつける力も最大限に使うのでしょうね？　鬼を怖がってなど、いられないですからね」

鴇守はあっさりと頷いた。

「もちろん、そのつもりです。使えるものは使います。六道の辻にも、行ってみたいと思ってるんです。なにが起こっているのか、確かめてみたいというか」

目を剝いて飛び上がったのは、夜刀だった。

「な、なに言ってんだ！　鬼どもをホイホイするなんて、俺が許さない。それに、六道の辻は駄目だって言っただろ！　やる気になってんのはいいけど、飛躍しすぎだ！」

夜刀に反対されて、鴇守は鼻白《はなじろ》んだ。

自分のやる気に水を差された気になったのである。鴇守がこれだけやる気になっているのだから、夜刀にも変わってほしかった。

鴇守がホイホイした鬼どもを、俺が片っ端からアレしてやるぜ、とか、六道の辻の道案内なら任せろよとか、そういうことを言ってほしかったのに。

がっかりした鴇守に、右恭が冷たく言った。

「矢背の血族が襲われている今、六道の辻に行くなど、自殺行為です。六道の辻の恐ろしさを知らない愚か者の意見ですね。もういいです。わかりました」

「なにがわかったんですか」

「話にならないことがわかりました。意味不明なやる気だけを空回りさせ、鬼の世界について侮りすぎている。昨日と今日の間で、なにが起こったのかわかりませんが、今の鴇守さんと話しても無意味です」

これにはさすがに、鴇守もカチンと来た。

右恭が鴇守を馬鹿にしているのは知っている。それでも、できるだけ穏やかに自分の正直な気持ちを伝えて、指導を仰ごうとしているのに、目の前でぴしゃっと戸を閉められた。

「では、余計なおしゃべりはもうしません。同調のやり方のみを教えてください。あなたの意見は聞きませんので、客観的、具体的にお願いします」

険しい表情の右恭が、食い入るように鴇守を見つめていた。鴇守の変化の理由を、鋭い観察眼で探しているようだった。

見られて困るものはなにもないので、鴇守はただそれを受け止めていたが、夜刀が苛立って、間に割って入った。

「鴇守を見るな！　減っちまう」

右恭は夜刀に一瞥《いちべつ》もくれなかった。

「鬼との同調は、才能ある鬼使いならやり方を教えられずとも、自然にできると言います。鴇守さんが今までできなかったのは、才能がなかったからです。正規さまは、そのなけなしの才能の底上げを、私になんとかしろとおっしゃった。正規さまには申し訳ないが、私は鴇守さんに快く協力する気になれません」

「勝手なことばっか、言ってんじゃねぇぞ。鴇守、もう帰ろうぜ！　こいつと話しても無駄だし、修行もできねぇんじゃしょうがねぇ。うちに帰ろう！」

鴇守の肩を抱いて道場を出ようとする夜刀に、鴇守は抗《あらが》った。

「帰らないよ。俺はやると決めて来たんだから。右恭さん、右恭さんの協力が得られないのなら、ほかの鬼使いの方はどうですか。といっても、俺には知り合いが少ないので、心当たりはご当主さまか季和《きわ》さん、藤嗣《ふじつぐ》さん、あとは九州《きゅうしゅう》の高景《たかかげ》さんくらいですけど」

右恭はカッと目を開いた。

「正規さまは多忙で、あなたのために割く時間をお持ちではない。心当たりに正規さまを入れるなどという不届きは慎みなさい。聞いているだけで不愉快です」

「でも、誰かに教えてもらわないと」

「誰に訊こうが、無駄です。気がすむまで好きにすればいいでしょう。どのみち、正規さまに取り次いではもらえませんから」

そう言い捨てて、右恭は去っていった。

雨足はいっそう強くなっており、強風が吹いて、台風のようだった。道場の玄関の傘立に、傘が数本立ててある。

道場と記されたタグがついていたので、私物ではないと判断し、鴇守は一本手に取った。

「帰るのか？　濡れちまうぞ、勝元を呼べよ」

「こないだ呼びだされた建物に行ってみる。歩いても、そう時間はかからない」

「なにをしに行くんだ？」

「ご当主さまに会いに。好きにすればいいって右恭さんが言ったから、好きにする。鬼使いはデスクワークじゃないし、今、一番在室率が高いのはご当主さまだろ。同調のやり方を訊くのに、ほんの五分か十分ほど時間を取ってもらうだけだ」

右恭が知ったら、怒髪《どはつ》天を衝《つ》くだろう。

彼はもしかしたら、鴇守のことを報告するために、正規のところに向かったかもしれない。

しかし、右恭の怒りなど怖くなかった。

「でも、取り次いでもらえないって、言ってたじゃねぇか」

「なんとかして、取り次いでもらうよ。ああ、でもちょっと面倒かな。こんなことなら、もっと前に訊いておけばよかった。ご当主さまでも季和さんでも藤嗣さんでも、会う機会は何度もあったのに。っていうか、右恭さんを紹介する前に、教えてほしかったよ」

傘を広げようとした鴇守を引き止めたのは、夜刀だった。

「ちょっと待て。同調の修行は置いておくとして、六道の辻に行くとか言ってたの、冗談だよな？　勢いで言っただけだよな？」

「本気だよ。まぁ、今はたしかに危ないから、考えなしな発言になっちゃったけど、最終的にはそうなると思う」

「だけど、お前は怖がってたじゃねぇか。鬼も六道の辻も。鬼しかいない世界なんか、絶対に行かないって」

「好んで行きたくはないけど、鬼退治の延長にそれがあるなら、仕方がない。やらないといけないことをやる。俺も鬼使いの端くれだしね」

夜刀は珍しく言葉を失い、なんだか妙な顔をしていた。

たとえるなら、カリカリのベーコンを作ろうとして、焼きすぎて黒焦げにしてしまったときのような顔だ。予定したものと違うものができて困惑しているように見える。

「なんにせよ、同調が先だ。ご当主さま、いるといいな」

「ま、待て！　今日はやめとこうぜ、鴇守。誰に訊いても無駄っぽいしよ。ちょっと何日か置いて、落ち着いてみよう。考えが変わるかもしれねぇし」

「なんだよ、お前まで右恭さんみたいなこと言って。俺は今、やりたい気分なんだ。無駄かどうかは、俺が訊いてから判断する」

「でも、とりあえず、当主はやめとこう！　話がでかくなりすぎて、取り返しがつかなくなりそうだ」

「ちゃんと考えて動いてるから、大丈夫」

「それが、大丈夫じゃないんだって。俺がさじ加減を間違……」

夜刀がなにやら言っている途中で、鴇守は濡れた床に足を取られた。

あっと思ったときには身体が傾いていて衝撃を覚悟したが、倒れこむ前に夜刀によって抱え上げられた。

夜刀はそのまま道場のなかに戻り、鴇守を畳の上にコロンと転がしてドアを閉めた。

「どういうつもりだ、夜刀？」

「と、とりあえずは、同調のやり方を訊きたいんだよな？　なら、教えてくれるかどうかわかんねぇ当主より、もっと確実な相手を選ぶべきだ。たとえば、あの女鬼使いとか、どうだ。電話番号、知ってるだろ？」

夜刀が建設的な意見を出してきたので、鴇守は驚いた。女鬼使いとは、季和のことである。

窓の外に稲妻が走った数秒後、ドーンという雷の轟音《ごうおん》がして、少し建物が揺れた気がした。近いところに落ちたようだ。雨足もどんどん強くなっている。

「そうだな。言われてみれば、季和さんに電話したほうが、確実に捕まえられる。ご当主さまより、訊きやすいしな」

鴇守は身体を起こすと、ズボンのポケットから携帯電話を取りだした。

次期当主になれと迫られているとき、悩みがあったらいつでも私に連絡をちょうだい、と言われて教えてもらい、一度もかけたことのない番号が、ようやく役に立つ日が来た。

鴇守はいそいそと電話をかけ、五コールで季和が出た。

「鴇守です。突然、ご連絡して申し訳ありません。先日お話ししていた、同調するときの感覚について、教えていただきたいのですが」

季和は鴇守からの電話と申し出に、多少困惑していたようだが、鴇守のやる気を電話越しに受け取ったのか、快く応じてくれた。

『といっても、私も的確に教えられる自信はないのよ。ものすごく感覚的なものだから』

「はい。それでかまいません」

『はじめはやはり、集中が必要だわ。やがて、瞑想《めいそう》状態に入って、自分の感覚を研ぎ澄ませるの。そして、鬼と同調したいと強く願う。ふわっと身体が浮いてくるような感覚がやってくるから、そのときにね、カッと行くの。一気に躊躇《ちゅうちょ》なく。そうしたら、鬼が摑んでくれるわ。私たちは鬼が見ている光景を鬼の目を通して見られるし、言葉にしなくても、鬼に指示を出すことができる。一心同体になっているというのかしら、慣れてくるとすごく便利よ』

「……はぁ」

気の抜けた返事になってしまった。

瞑想してふわっとなったら、カッと行く、という説明は、未経験の若輩《じゃくはい》に教えるに適切な表現なのだろうか。感覚的だと前置きがあったにせよ、あまりにも感覚的すぎないか。

鴇守の戸惑いを察したのか、電話の向こうで季和が苦笑した。

『おかしなこと言ってると思ったんでしょ？　でもそうとしか言えないの。ふわぁってなるから、カーッて行くのよ』

「……」

語尾を伸ばされても、意味不明さは変わらない。

隣で通話を聞いている夜刀を見上げても、首を傾《かし》げるだけだった。

季和が電話口を押さえて、少し待って、と誰かに言っている声が聞こえた。平日の昼間なのだ、仕事中に決まっている。

『ごめんなさいね、話の途中で。私の説明だとわかりにくいかもしれないから、高景くんに訊いてみたらどうかしら。年も近いし、夏至会でも仲がいいでしょう』

「夏至会で会えば話しますけど、連絡先を交換していないんです」

『あら、そうなの。じゃあ、私から言っておくわ。高景くんの時間の都合がついたときに、鴇守くんの携帯に連絡するということでいいかしら？』

「お願いします。お手数をおかけして申し訳ありません」

通話を切って、鴇守はごろんと寝転んだ。

なんだか、気が抜けてしまったのだ。

季和は決して、擬態語を多用して感覚重視で説明するタイプではない。鴇守が兆しさえ摑んでいないことは、誰より知っているだろうに、一番わかりやすい説明であれだったのかと思うと、前途多難な気がしてきた。

夜刀が鴇守の隣に腰を下ろした。夜刀もまた、気が抜けた顔をしていた。

「なんか、よくわかんなかったな」

「うん。高景さんの説明に望みをかけたいな」

「ここで待つか？」

「そうだな。今日は夕方までここにいるつもりだったから。あの人も忙しいみたいだし、すぐに連絡をくれるとは思えないけどね」

携帯電話の時計は、正午過ぎになっている。

普段なら、腹の虫が鳴くころなのに、不思議と空腹は感じなかった。食べ物をなにも持っていないので、都合がよかった。

本家敷地内の道場とは、不便なものである。食堂もなければ、自動販売機もない。外の店に行こうと思えば、勝元の車が必要だ。

自動車免許を取り、自分の車を買おうかと考えたが、本家に行くには、予《あらかじ》め連絡が必須だし、車の入出の手続きも面倒くさい。

勝元に任せておくのが、一番楽だった。

「ここで一日修行をするなら、弁当を作って持参しないといけないな」

「弁当って、大学はどうすんだよ。今日は休んだけど、明日は行くんだろ？」

人間に化けて、登下校が一緒にできるようになった夜刀は、鴇守以上に大学に通うことを楽しみにしている。

「休学してもいいかなって思ってる。あるいは、辞めてしまうことも」

「……本気か？」

「ああ。やりたいことがあって入った学校じゃないし、卒業後に就きたい仕事もない。俺の仕事は鬼使いだ。十五からお前と二人でやってきたんだ。今さら学歴なんて必要ないだろ。学業より身を入れて取りかからないといけないことがある」

「大学を辞めちまって、日がな一日修行するのか？　ここで？　できるかどうかわかんねぇって言われてる修行を？　いつまで？　結局できなかったらどうすんだ？」

「できると信じて、やる。お前も協力しろよ、夜刀。季和さんの話じゃ、俺がカッと伸ばしたなにかを、お前が摑み取らなきゃいけないみたいだったぞ」

「お前から伸びてくるもんはなんでも摑むけど、伸ばしてくれないと摑めないぜ」

「情けない鬼だな。伸びてなくても摑みに行くぜ、くらいの気概を持てよ」

「あれ？　俺のせいになってんのか？　ごめんな」

夜刀が素直に謝るので、鴇守は噴きだした。

やはり夜刀は可愛い。大きな図体をしているだけに、可愛さが倍増している。

「お前は優しいよな」

「俺が優しくすんのは、鴇守だけだぜ」

「俺以外に優しくしたら、許さない。そういうのを、浮気って言うんだぞ」

「おっ、俺の台詞《せりふ》じゃねぇか。シンクロ率が上がってきたな、俺たち」

夜刀が笑い、鴇守も笑った。

二人で他愛もないことを言って、笑っているだけで満足だった。なんの変化もない日常を望んでいた。

大学を卒業したら、二人で田舎に引っこんでのんびり暮らそうという話もしていた。

それらのことが、鴇守のなかでは遠いものになっていた。つい最近まで、すぐそこにあったはずなのに、今は手の届かない場所にある。

いや、自分で遠ざけたのかもしれない。

なぜそんなことをしたのか、考えてみたけれど、わからない。

鴇守はふと、空虚になった。

朝はあれほどやる気に満ちていて、なんでもいいから、なにかせずにはいられない衝動に駆られてここまで来たのに、自分の中身が空っぽな気がする。

だが、鴇守の中身がぎっしりと詰まっていたことなど、あったのだろうか。

今のあなたと話しても無駄です、という右恭の声が、耳に残っている。いつの鴇守なら無駄でないのか、訊いておけばよかった。

畳の上に投げだしていた携帯電話が鳴って、鴇守はびくっとなった。ディスプレイの表示を確認する前に、夜刀が言った。

「九州のやつだ」

鴇守は携帯に飛びついた。

「もしもし、鴇守です」

『よう、久しぶりだな。俺だ、高景』

電話を通して、陽気な声が響いた。

「季和さんから連絡がいったんですよね。忙しいのに、無理を言ってすみません」

『いいって。お前もやっとやる気になったそうじゃないか。お前のチャレンジを、俺は嬉しく思うぜ。お前の鬼は小さいが、小さくてもできるって』

夜刀が四十センチの小鬼だと思っている高景に、本当のことは言えない。

「……そうだといいんですけど。季和さんの説明を聞いても、ちょっとよくわからなくて」

『女の説明はわかりにくいよな』

わかるわかる、と頷いた高景に、鴇守の期待は否応《いやおう》なく高まった。

「では、わかりやすい説明を高景さん、お願いします」

『要はフィーリングなんだよ、鴇守。集中するとまず、ふわっとなるから、そこですかさず、カッと突っこむわけ。それだけなんだ。気がついたら、同調してる』

「……」

『だからな、最初に訪れる感覚はふわっ、次は自発的にカッとなれば、成功だ。鬼使いが思念を飛ばせば、使役鬼は絶対に摑むから。わかったか？』

「……いえ、あまり」

『えっ、わからないのか？』

そんな驚いたように言われたら、鴇守も困ってしまう。

二人つづけて、まったく同じ説明をされるとは思わなかった。ほかの鬼使いは、これがベストの説明だと信じて疑わないのか。これで理解できないから、鴇守はみそっかすなのか。

「す、すみません……。あの、高景さんはいつから、ティアラちゃんと同調できるようになったんですか？」

ティアラちゃんとは、高景の使役鬼である雌の赤鬼の、アイドルネームだ。本名は主にしか教えないらしい。

長い金髪に一つ目、全身が林檎《りんご》の皮のように赤く、グラマーな使役鬼を、高景は可愛がっている。

『よく聞いてくれた。鬼を遠方に派遣して、鬼の目を通してその場を見ることを遠見って言ってるんだが、それくらいの軽い同調なら、ティアラちゃんと契約したときからできたんだ。こう見えて、けっこう有能なのよ、俺』

「わかります」

『でも、俺はもっと深くティアラちゃんとつながりたかった。なぜなら、当初ギリギリBカップだったティアラちゃんが、俺の希望を叶えてGカップになってくれたからだ。ティアラちゃんが走ればおっぱいも揺れる。俺はその感覚を共有したかった。重量級の揺れを体感したい。男ならわかるだろ？』

「……共有できたんですか？」

『いや、できなかった』

「……残念でしたね」

『ああ。残念だったが、それを追求するあまり、不随意的にわりといろんなことができるようになってな。若いのに勉強熱心なやつだって、上の人からも褒められて、俺の評価も上がったし、頑張ってみてよかったと思ってる。あ、この話は内緒な』

「もちろんです」

鴇守は即答した。

動機が不純すぎて、こんな話、誰にも言えない。

しかも、鴇守へのアドバイスになっていない。閃《ひらめ》きを催すものが、なにもない。

『まぁ、揺れを体感できなくても、俺とティアラちゃんは一心同体だ。ティアラちゃんほど可愛い鬼は見たことがない。髪は綺麗で、スタイルいいし、睫毛《まつげ》も長くてくるん、ってしてるんだぜ。一つ目だから、目力がすごいんだよ。最高だぜ、ティアラちゃん。お前もそう思わないか、鴇守』

「そ、そうですね」

『なんだと。見たこともないお前に、ティアラちゃんの可愛さがわかってたまるか!』

高景は面倒くさい絡み方をしながら、二十分ほどティアラちゃんを褒めつづけ、ようやく電話を切った。

どっと疲れて、鴇守は背中を丸めた。

「おい、鴇守。まさか、あいつの赤鬼を可愛いとか思ってるんじゃないだろうな?」

ここにも面倒くさい鬼がいた。

「思ってないよ。同調っていうのは、本当に感覚的なものなんだな。きっと、説明なんてできないんだ。俺はそんなことも知らなかったから」

「ふわっとなって、カッと行く、か。まったくわかんねぇな」

「でも、そこを目指して頑張らないと」

「こうなったら当主にも訊いてみたいよな。同じこと言うのか、気になるじゃねぇか」

いつも厳《いか》めしい顔をしている正規が、ふわっとなったら、カッと行きなさい、と意味不明な説明をするところを想像すると笑えてきて、鴇守は肩を震わせた。

顔を上げると、窓の外が明るかった。

雨が止んだらしい。

「よし、修行開始だ。よくわかんないけど、とりあえず、瞑想して、ふわっとなる感覚を摑んでみる。退屈でも、話しかけるなよ」

「しょうがねぇな。黙ってるけど、穴が開くほど見つめてやる」

「視線が気になって、集中できないだろ」

夜刀がかけてくるちょっかいをいなしつつ、鴇守はなんとなく道場の真ん中に移動し、胡坐を掻いた。

いぐさの匂いに包まれると、現実から切り離されていくような気分になる。家でやるより、集中力が増しそうだ。

鴇守は深く息を吐き、目を閉じた。

「なにを見てんだ、気が散るだろ！」

眼鏡越しの視線に苛々したのか、夜刀が右恭に突っかかっていった。

鴇守の集中は切れていて、何度やりなおそうとしても、うまくいかなかった。気にしないようにしていても、やはり自分を値踏みする視線を無視するのは難しい。

右恭はしらじらとした顔で言った。

「この程度で気を散らしているようでは、話になりません。同調がつねに、静かで無人の、最高の環境でできると思っているのですか。喧噪《けんそう》のなか、あるいは、なにかべつのことをしながら、もしくは、怪我《けが》をして激痛に苦しみながら試みなければならない場面があるかもしれないのですよ」

右恭の言うことは、ごもっともである。

しかし、それは同調に成功し、完全にものにして使いこなしてから心配したい事柄である。

まずは成功しないと、コツも摑めない。

「鴇守が怪我することなんか、絶対にないぜ。俺がいるんだからな」

自信満々に反論した夜刀を、右恭は無視した。

「修行を始めて二週間も経つのに、この体《てい》たらくとは。一ミリも成長していない。いや、間違ってもあなたに期待はしていませんが、それにしてもひどい。ひどすぎる。鬼退治のために同調の力を使いたい、などとよく言えたものです」

「うるせぇな！　期待してないんだったら、毎日来んなよ！」

夜刀が吠えかかる横で、鴇守はうなだれた。

二週間前、鴇守に突如として湧き起こった原因不明のやる気は、あの土砂降りの雨の日をピークに三日つづき、その後は下降線をたどる一方だった。

ピーク中の三日間は気分もよく強気で、フットワークが異常なほどに軽かった。

修行中に雑事に煩わされたり、雑念を挟んだりしてはならない。全身全霊をかけて打ちこまねばならない。

今がそのときだ！　と閃いて、鴇守は大学に休学届を提出した。

そして、実家に電話をかけて家族の無事を確かめ、最近は物騒な事件が多発しているので気をつけるようにと警告をした。

電話に出た祖父が、口やかましく鴇守に意見しようとするのを聞かず、鴇守は言いたいことだけを言い、祖父の話の途中で通話を切った。心配だったから電話をしたのだが、そうは受け取ってもらえなかったかもしれない。

そうして、毎日道場に通った。

最初は季和と高景に言われたように、瞑想状態で目を閉じたまま意識を夜刀に飛ばしてみたが、飛んでいなかった。

次は夜刀と手を握り、そこからなにかがつながることを期待したが、つながらなかった。

さらには、視線が持つ目力に勝負をかけて見つめ合ってみたが、なにも生じなかった。

来る日も来る日も、なんの変化もない。

右恭も連日道場に顔を出し、一時間ほど見学しては辛辣な言葉を投げつけた。

「私は正規さまに、鴇守さんの修行がどうなっているか、報告する義務があります。私とて、意味のない修行風景を見るのは飽き飽きしました。二週間も同じ報告をしなければならない私の身にもなってもらいたいものです」

「……」

鴇守はぐうの音も出なかった。

鴇守に突き刺さる右恭の視線は、馬鹿にされているというより、憎まれているのではないかと思うほど冷徹だった。

あの雨の日にもの別れをしたときのやりとりが尾を引き、右恭の怒りに油を注いでいるにしても、それだけではない、もっと違う負の感情が存在しているように思える。

それがなんなのか、鴇守にはわからない。

黙ってしまった鴇守に代わり、夜刀が言った。

「毎日報告だぁ？　暇なこった！　そんなのお前らの都合じゃねぇか。俺たちが報告してくれって頼んだかよ」

「夜刀、いいから」

鴇守は夜刀の腕に手をかけた。

報告してくれとも、助っ人を寄越してくれとも頼んでいないが、右恭を派遣してくれたのは、正規だ。

鴇守が修行をしたいと言ったからこうなったわけで、右恭を責めるのは筋違いである。

しかし、夜刀は止まらない。

夜刀の怒りは、鴇守のための怒りだ。鴇守が傷ついていることに、怒ってくれている。

「よくねぇよ！　こっちだって、この眼鏡の見下し面には飽き飽きしてんだ。ねちねちねちねち、嫌味ばっかり言いやがって。進歩がないったって、まだたったの二週間じゃねぇか。それになんでこいつに、偉そうに言われなきゃならねぇんだ。俺たちは修復師なんかいなくてもやっていけるぜ」

夜刀に対して、右恭は完全なる無視を貫き、透明人間のように扱った。それが、いっそう夜刀を苛立たせる反応だと、わかってやっているのだろう。

右恭にすれば、鬼とは命じて使役するもの、使い捨て上等、いくらでも代わりがいて、一段下に控えているべき存在だという認識なのかもしれない。

その一段下の存在に、必要がないと言われた右恭は、いささかも表情を変えずに言った。

「一度、鬼と離れて試してみなさい。道場の外に出すか、六道の辻に帰してもいいでしょう。姿が見えないほうが、集中が増す場合があります」

「俺と鵠守を引き離そうとするな！」

夜刀が噛《か》みついた。

鵠守でさえ、ひやりとするほど、夜刀の怒りは高まっているが、右恭が気にする様子はなかった。それだけ、自分の力に自信を持っているのだ。

いざとなれば、夜刀を鬼封珠に封じることができるのかもしれない、と思うと不安になってきて、鵠守は取り繕うように夜刀に提案した。

「落ち着いて、夜刀。右恭さんは、そういう方法もあるって言っただけだから。でも、俺は一度試してみてもいいと思う」

「試さねぇ！　離れねぇ！」

右恭の冷えた声が割って入った。

「鵠守さん。あなたは同調の前に、鬼を制御することを学ぶべきです。鬼使いの命令には絶対に従うよう、鬼をしつけるのも主の役目なのですよ」

「しつけるってなんだ、俺は犬じゃねぇぞ！」

「鬼は人間を食らうもの。使役鬼も例外ではなく、主《あるじ》もまた捕食の対象となる」

「俺は食わねぇよ！」

「けれども、使役鬼の気分や機嫌を窺《うかが》うなど、主がすべきことではない。使役鬼を抑えこむ気迫を持ちなさい。鬼の感情や我儘《わがまま》に流されず、確固とした自分を持って毅然と対応する。鬼を従わせるとは、本来そういうことを言うのです。血の契約を交わしたからといって、主従関係が成り立つのではない」

「鴇守はけっこう頑固だぞ！　俺が我儘言っても、すぐに聞いてくれないし、反対するし、ときどき嘘《うそ》つくし！」

夜刀の抗議が、鴇守に対する愚痴に変わってきた。

言われてみれば、そうだった。夜刀の我儘が多いので振りまわされているような気になっていたが、できないことは断っているし、適当に流して誤魔化《ごまか》すときもよくあった。

鴇守だって、夜刀にやりたい放題やらせているわけではないのだ。

そのようなことを右恭に言いたかったが、適切な言葉で短くまとめられそうになくて、鴇守は黙っていた。

それに、夜刀に押され負けてしまうときがあるのも、事実だった。

負けて従わせることができなかったから、鬼退治が成功しなかった。そこを突かれたら、なにも言い返せない。

「鬼にばかりしゃべらせて、あなたに口はないのですか」

石にでもしゃべっている気分です、と右恭は呆《あき》れたような声で言い、いつものように挨拶もなく、道場を出ていった。

「……」

鴇守は打ちひしがれ、首を垂れた。

右恭の前では無口にならざるを得ないだけだ。

「あんなやつの言うことなんか、気にするなよ、鴇守」

夜刀が鴇守の肩を抱き、慰めてくれた。

落ちこんだときに寄り添ってくれる存在がいるのは、ありがたい。夜刀だけが、今の鴇守の支えである。

「……俺にいったい、なにが起こったんだろう。自分の気持ちがわからない」

ぼんやりと畳を見つめて、鴇守は呟いた。

右恭に喧嘩《けんか》を売るようにして修行を始めた日のことが、夢か幻のように思えた。

同調のやり方を、よりにもよって正規に本気で訊きに行こうとしたこと、休学届を迷いもなく提出に行ったこと、祖父に対し、上から目線で偉そうに警戒を促したこと。

なにもかもが記憶に鮮明に残っている。

すべて自分で決めたことだった。

なのに、どうしてあんな行動を取ったのか、己の思考が今となっては理解できない。

無礼で不遜《ふそん》だった。鴇守はあんなことを言ったりしたりする性格ではなかったはずなのに。右恭にあれだけのことを言われて、言い返せないのが本来の鴇守なのだ。

自分自身に対する戸惑いは、時間が経つにつれて大きくなっていった。

夜刀の血を飲んだときにも好戦的になったが、それとは違う。悪霊とかあやかしとか、なにか妙なものに取り憑《つ》かれていたのではないかと不安になるくらいの変わりようだ。

しかし、最強の守護神であり独占欲の塊である夜刀の目を盗んで、鴇守に取り憑ける強者《つわもの》がいるとは思えない。

「……なぁ、鴇守」

「なに？」

鴇守は顔を上げた。

夜刀の真剣な表情が、すぐそこにある。

「逃げたいか？　ここから。すべてのことから。全部捨ててもいいなら、俺が連れだしてやる。誰にも邪魔されない、俺とお前だけの世界に。好きなことをして暮らせばいい。いつまでもいつまでも、俺と一緒だ」

矢背を捨てて、夜刀と二人で生きる。

逃避は夜刀が鴇守に差しだしてくれる、最大限の愛情だ。夜刀はしばしば、この提案を鴇守にして、鴇守を苦しみから遠ざけようとしてくれる。

「ありがとう、夜刀」

「逃げるか?」

鴇守の肩を抱く夜刀の手に、力が入った。鴇守が頷けば、このままどこかへ攫《さら》っていく。そんな思いが伝わる力強さだ。

鴇守は首を横に振った。

「逃げない」

夜刀の思いやりは嬉しいけれど、自分でも驚くほどに心が揺らがなかった。

二週間前と同じモチベーションを保ってはおらず、右恭の発言には傷つくけれど、決断を後悔し、現実から逃げたくてしょぼくれているわけではない。

あの異常なやる気が到来しなくても、鴇守は迷いに迷って、結局同じ道を選んだだろう。それが鬼使いである自分の義務のように思うからだ。

「俺は逃げない。まだたったの二週間だって、お前も言ってたじゃないか。音をあげるには早い。俺の才能のなさに誰かが見切りをつけて、中止を言い渡されないかぎりは、やるよ」

「見切りをつけられたら、駆け落ちするか?」

人目を忍び、夜刀と手に手を取って、着の身着のまま夜の街を疾走する光景が浮かんで、鴇守は小さく笑った。

「いや、駆け落ちはしなくてもいいと思う」

「したくなったら、いつでも言えよ。お前を連れて、いつでもどこへでも行くから」

力強く繰り返す夜刀に、鴇守は抱きついた。

「うん。お前の気持ちは嬉しい。でも、今は逃げることは考えずに、修行をしたい。お前ももどかしいだろうけど、俺につき合ってくれ」

「おう。お前がそう言うなら、いつまででもつき合うけど」

「こうしてると、落ち着く。このままくっついてたら、同調できそうな気がする」

「そ、そうか？　じゃあ、もっとくっついて頑張ろうぜ！」

鴇守と夜刀は、修行を始めてから久しぶりに笑い合い、同調を試みて抱き締め合った。


修行開始から二十日目。

鴇守はカッと目を見開き、夜刀を睨むように見つめた。

夜刀も同じように見つめ返してくる。

交わる視線は火花が飛び散りそうなほど熱い。

二人の思いは完全に一致している。たったひとつの目的に、全身全霊を以て一直線に突き進んでいるのだ。

しかし、つながらない。蜘蛛《くも》の糸より細い線さえ、つながらない。

鵼守は食いしばった歯の奥から、軋《きし》むような声を出した。

「夜刀」

「おう」

「俺から思念の糸が伸びていないのか、それとも、お前が俺の糸を摑むことができないのか、どっちだと思う」

鵼守が無能なのか、夜刀が愚鈍なのか、という質問に、夜刀はあっけらかんと答えた。

「鵼守から伸びてこない」

「なんで、伸びてないってわかるんだよ」

「俺も必死で探してる。ほんのちょびっと、一ミリくらいの出っ張りでもあったら、摑んで引っ張ってやるんだけどよ。それらしきもんが、なんにもねぇ」

「なんにも？」

「うん」

「ない？」

「……うん」

「ないのか……」

「……」

鵼守の落ちこみように耐えきれなくなったらしく、夜刀が気まずく俯いた。

二週間ならまだしも、二十日も経つと、さすがに頑張ろうという気力が薄れてきて、諦《あきら》めの色が濃くなってくる。

これみよがしなため息が壁際から発せられ、鴇守の気をいっそうふさがせた。

「救いがたい才能のなさですね。あくびが出ます」

右恭の毒舌は今も健在である。彼は嫌味を言うためだけに、二十日間道場に通っているようなものだった。

華麗に同調を成功させ、見返してやりたいという気持ちは山ほどあるが、実力がまったく追いつかない。

「なにがいけないんだろう……」

誰にともなく、鴇守は呟いた。

才能がないのが一番の原因なのだが、そこを追究しても仕方がない。

「やる気があっても、覇気がない。鬼使いとしての自信のなさが、ブレーキをかけているように見えます。あなたが自信など持てないのは、当たり前のことですが」

右恭のアドバイスは、いつも余計な一言がついている。

鴇守はもはや、カッとなって怒るだけの元気もなかった。鴇守にシンクロしているのか、夜刀も以前のように言葉のひとつひとつに食ってかからなくなった。きりがない、というのもある。

「矢背の鬼使いたちは、自らの危険を顧みることなく鬼を従わせ、この国と人々に献身的に尽くしてきました。才能はなくとも、自分がその一人として生まれたことに、誇りを持ちなさい。そうすれば自然と、自信や威厳が身につき、覇気が生まれてくるでしょう」

それは右恭の理想論である。

鬼使いなら誰でも、教えられずともできるという鬼との同調すらできない鴇守に、どんな誇りを持てというのか。

過去の偉人も、偉大なる血脈も、鴇守には関係ない。鴇守はみそっかすでしかない。

夜刀はべつのところでカチンと来たらしい。

「矢背の鬼使いがそんなに偉いのかよ。じゃあ、自分の鬼にアレされちまった紅要の野郎はどうなんだ。お前ら、あいつを逃しちまったんだろうが。あいつのせいで、鴇守も俺も大変な目に遭ったんだぞ。まんまと逃げられた挙句、十年も野放しにしておいてよ、たいしたもんだぜ、矢背のやつらは」

夜刀の皮肉に、右恭の顔が凍りついた。

初めて見る顔だった。

道場は閉めきられているのに、ひやっとした風が吹いたように感じ、鴇守は身を竦めた。夜刀は痛いところを突いてしまったのかもしれない。

当主の命により、紅要の存在は矢背から抹消された。

鴇守は彼に連れ去られ、鬼下《おにくだ》しを飲まされて死ぬ思いをしたのに、詳しい話を教えてもらえなかった。矢背一族を相手に、紅要がどのようにして逃げ、居場所を掴ませなかったのか、右恭は知っているのだろうか。

「あの、ご存じでしたら、教えてもらえませんか。矢背紅要のことを」

この機を逃しては一生誰にも訊けないと思い、鴇守はおずおずと頼んでみた。

言うか言うまいか、右恭は迷ったようだが、やがて口を開いた。

「……紅要は天才でした。三体の鬼を同時に使役することはもちろん、遠見や遠隔指示など、鬼使いが使用可能な技はなんであれ、軽々とやってのけた。できないことはなにもなかった。しかし、悪逆無道だった。私は彼より十歳年少だったので、面識はありましたが、仕事の補佐をしたことはありません。慈悲というものを母親の胎内に置き忘れて生まれてきた、慈悲を持たぬ三本指の鬼よりはるかに非道だと、正規さまと父が話しているのを聞きました」

「父って、もしかして……」

「ええ。私の父、隠塚三春《みはる》は正規さまの修復師です」

正規が引退し、紅要が次期当主となれば、三春が紅要の導きの修復師となり、その補佐として右恭が就く。紅要が当主として経験を積んだころに、三春は引退し、右恭が正式な当主の対の修復師になる予定だった。

当主と修復師の代替わりはそのように時期をずらして行うものだと、右恭は説明した。

「紅要は鬼使いとしては天才でも、当主の資質が皆無でした。他者を助け、導いていける男ではなかった。父と正規さまはなんとか矯正しようとあらゆる手を尽くしたけれど、無駄だった。なので、鬼下しを飲ませて排除することにしたのです」

「でも、彼は逃げた。十年も逃げつづけた。そこがわからなくて」

「我々修復師はなにをしていたのかと？　疑問はもっともです。作戦は最小限の人数で秘密裡《り》に行われる予定でしたが、勘のいいあの男に気づかれてしまった。紅要は逃亡する前に、作戦に参加していなかった隠崎の当主を殺し、隠崎家の蔵に押し入って修復師が使う呪符や呪具などを、根こそぎ奪っていったのです。それが彼の十年の逃亡の助けになりました」

居場所を占っても、ブロックされる。なんとか見つけて使役鬼を差し向けても、返り討ちに遭うか、また逃げられてしまう。

予測に優れ、機転が利き、用心深い。紅要は隙を見せなかった。

「修復師の道具を、鬼使いが使えるものなんですか？　鬼使いは修復師の……陰陽師の資質を持っていないのに」

「もちろん、資質を持っていなければ修復師にはなれません。ですが、修行を積むことで、修復師が作った呪符などを使用することはできます。次期当主候補だった紅要に、修復師の修行は必須でした。簡単な修行ではありませんが、彼はすべてにおいて優秀な成績を収めたと聞きます。次代を担う当主を作ろうと、力を尽くしたことが裏目に出たわけです」

右恭の瞳に沈痛な陰りがよぎったのを、鴇守は見た。

「裏目にもほどがあるだろ。お偉い矢背の鬼使い一族が、揃《そろ》いも揃ってなにやってんだ。情けねぇ」

夜刀が呆れたように言った。

「隠れていた紅要が反撃のため、自ら姿を現したと報告を受けたときは、私も駆けつけたかった。父ともども、京都《きょうと》の旧屋敷にいたので間に合いませんでしたがね。私たちがいれば、正規さまも片目を失わずにすんだかもしれない。対処の方法はいくつかあった。ですが、今さらです。どれほど後悔しても、正規さまの目は戻らない」

味わった苦い後悔を振りきるように言い、右恭は鴇守を見た。

「これでわかったでしょう。矢背に仇《あだ》なす鬼使いなど、存在してはならない。あなたも今後は、彼の名を口に出してはいけません。彼は最初からいなかったのです」

「……はい」

鴇守は素直に頷いた。

もし紅要がまともな男だったら、矢背一族の未来は明るかったのだろうかと考えたが、それはなさそうに思えた。

紅要一人が頑張ったところで、紅要より年下の鬼使いはたぶん、高景と鴇守だけだ。盛り返そうにも、人員が減りすぎている。

鵄守が紅要以上の才能に恵まれていたとしても、下につづくものがいないかぎり、現状は変わらない。

矢背一族は沈みゆく船だ。

薄ら寒い心地がしてきて、鵄守は隣の夜刀に無意識にすり寄っていた。

夜刀も自然な動作で、鵄守を抱き寄せる。

「なんだ、寒いか？　俺にくっついてろよ。風邪ひくと大変だからな」

「うん」

「暖かい上着、出してやろうか？　マフラーとか手袋とかは？」

「それはいいよ。ありがとう」

「この道場に暖房器具がなにもないことを、俺は常々不満に思っていた。俺が言ってやるから、ヒーター入れてもらおうぜ。こんな寒いとこで、修行なんかできねぇって」

鵄守はくすっと笑った。腰巻一丁で平然としている裸同然の鬼が言うと、説得力がなさすぎておかしかったのだ。

紅要の殺伐とした話のあとだったから、和んでしまった。

鵄守が笑ったことで夜刀も調子に乗り、さらに言った。

「まぁ、家に帰ったら俺が温めてやるけどな。そりゃもう暑いくらいに。風呂も一緒に入って、洗いっこして、朝まで……」

「ちょっと、夜刀」

際どいことを言いだした夜刀を、鴇守は慌てて遮った。

確認する勇気はないが、鴇守と夜刀が肉体関係を結んでいることを、当主と情報を共有するものたちは知っているだろうと思っている。

十五歳のときから、夜刀が求める報酬は鴇守とのキスだったし、夜刀は大きくなっても鴇守にべったりとくっつき、誰の前でも恋人のふるまいをしたからだ。

咎《とが》められたことはなかった。矢背一族がいかにして始まったかを考えれば、鬼と恋愛関係を結ぶのはむしろ、歓迎されているように感じた。

男同士は生産性がないので、喜ばれはしないけれど、黙認される程度には許されている。だからといって、大っぴらに言いふらす趣味は、鴇守にはない。

しかし、夜刀は違った。

「なんだ、照れてんのか？　お前も最近、大胆になってきたよな。言うこときかねぇ暴れ馬みたいで、手こずるけど可愛い」

「夜刀……！　黙って！」

「いいじゃねぇか。最初は初々しくて、俺の言うとおりにしてたのに。素直で従順なお前も、ときどきは見せろよ」

雷を落とそうと、鴇守が息を吸いこんだとき、右恭の雷が先に落ちた。

「いい加減にしなさい！」

鴇守は驚いて飛び上がり、夜刀は反射的に牙を剝いて威嚇《いかく》し、鴇守を背後に庇《かば》いつつ前に出ている。

「びっくりするじゃねぇか！　なんか文句でもあんのか、ああ？」

「鬼使いとして誇りを持てと言ったのを、もう忘れたのですか」

右恭はとことん夜刀を無視して、鴇守に言った。

「あ、あの、右恭さん……」

「立場を明確にしなさい。鬼と関係を持つのはかまいません。同性の鬼が相手では、受け手にまわるのも仕方がない。けれども、鬼に主導権を握らせてはいけない。ベッドのなかでも、断じてなりません。鬼使いは使役鬼の主なのです」

「俺たちは愛し合ってんだ！　主もくそもあるか！」

「鬼とは、調子に乗るものです。ひとつ許されると、二つ三つと欲を掻く。いつか立場が逆転し、鬼使いは鬼を使役できなくなる。手に負えなくなった使役鬼によって破滅した鬼使いが、過去には何人もいましたが、みな悲惨な最期を迎えました。そうなっては遅い」

「破滅ってなんだ、意味わかんねぇ！　俺は鴇守の使役鬼だ。鴇守の命令しか聞かねぇし、鴇守に命令なんかしねぇ。鴇守がいやがることはしたくねぇ。俺の鴇守を馬鹿にすんな、このわからずやの眼鏡野郎！　もう帰れよ！」

右恭が肩を竦めたのが見えた。

「鬼に庇われて、情けなくないのですか。だから、同調もできないのです。あなたは鬼に甘えすぎている」

「……」

返す言葉もなく、鴇守は俯いた。

恥ずかしかった。

侮辱されていることよりも、ベッドのなかでも、と夜刀との情交を右恭に連想されていることが、恥ずかしくてたまらなかった。

鴇守は夜刀としか、キスもセックスもしたことがない。最初は夜刀のしたいことをして、やがて鴇守もいろいろと覚えていって、自分がしたいことをするようになった。

いやらしいことをすると、とても気持ちがよかった。毎日のように睦《むつ》み合い、互いの身体を知って、日々深まっていく快楽に溺《おぼ》れている。

想像でしか知らなかったセックスに、夢中になっていた。

夜刀とつながって、気を失うほどの絶頂を味わう幸福を、右恭に覗き見されている気がして、いたたまれない。

性的な事柄に免疫がなく、友人と猥談《わいだん》で盛り上がった経験もなかった鴇守には、右恭の言葉は充分すぎるほどに衝撃的で、激しく動揺した。

そのあとはなにを言われても頭に入ってこず、夜刀が右恭に食ってかかるのを止められもせず、いつの間にか、右恭はいなくなっていた。

翌日、右恭はなにごともなかったかのように道場にやってきて嫌味を言ったが、鴇守は彼の顔をまともに見られないありさまだった。

右恭のことが気になり、夜刀との行為も控えめになってしまい、夜刀は右恭に対してさらに怒りを深めている。

今こそ、不遜で無礼な鴇守が出てきて、俺の性生活に口を挟むなとはっきり言ってくれればいいのに、あの人格は今、鴇守のなかにはいなかった。

右恭との関係は冷えきってどん底まで下がっていたが、修行をやめるという選択は鴇守にはなかった。

だらだらつづけるのは右恭にも負担になるので、とりあえず区切りを設け、年内いっぱいは頑張ってみようと考えている。その先のことは、そのときに決めるつもりだ。

今日はまだ、右恭の姿は道場になかった。

「右恭さんが来る前に、ひと頑張りしよう。夜刀、いくぞ」

鴇守が集中しようと目を閉じたとき、夜刀が妙な声をあげた。

「ああっ、なにやってんだ、じいさん！」

鴇守はぱっと目を開けた。

夜刀の目はあらぬところを見ており、頭を抱えて足踏みをしている。

「……じいさん？　おじいさまのこと？」

夜刀は鴇守の肩をがしっと摑み、切羽詰《せっぱつ》まった顔で頷いた。

「そうそう！　うわっ、やべぇ！　鴇守、ちょっとだけ離れていいか？　じいさんを助けてくるから。すぐに戻るから、絶対にこの道場から出るな。誰が来ても、なにを言われてもここで待ってろ。ここは一番安全だから！　いいな、わかったな、絶対だぞーっ！」

聞き取れないほどの早口で言った夜刀の姿が、しゅんと消えた。

遁甲《とんこう》である。このようにして、夜刀は目的の場所まで一瞬のうちに移動するのだ。

広い道場に一人で残され、鴇守は呆然としていた。助けるということは、鴇守の祖父がなにものかに襲われているということなのか。

「……まさか、鬼？」

少し前に、気をつけろと言ったところだったのに。

だが、鬼を相手に、無力な人間がなにをどう気をつければいいのだ。鬼使いの鴇守でさえ、夜刀に助けを求めるしかできない。

祖父は一人なのだろうか。どこで襲われたのだろう。夜刀が間に合ってくれればいい。

夜刀の気配を感じただけで、知能のある鬼なら、逃げだすはずだ。

「でも、もしかしたら、鬼じゃないかも……」

期待を込めて鴇守は呟いたが、それがなんの希望にもなっていないことに、すぐに気がついた。鴇守から離れたがらないあの夜刀が、一目散にすっ飛んでいくほどの状況なのだ。

鴇守は道場の真ん中に突っ立ったまま、さまざまなことを考えた。やがて、じっとしていられなくなり、道場のなかをうろうろと歩きまわり始めた。

一時間経っても、夜刀は戻らず、右恭もまだ来ない。

こんなとき、同調ができれば、夜刀と意識を共有し、道場にいながらにして状況をいち早く把握できたかもしれない。

無事を祈ることしかできない自分の無力さに、鴇守が打ちのめされていたとき、道場の扉が開いた。

駆けこんできたのは、勝元だった。

「鴇守さん！　義昭《よしあき》さんが鬼に襲われたと連絡が……！」

義昭とは、祖父の名である。

鴇守は慌てて駆けだした。

7

祖父は左足の膝《ひざ》から下を鬼に食われたものの、一命は取りとめた。

夜刀《やと》が駆けつけたときには、すでに食いつかれていて、間に合わなかったらしい。しかも、祖父を襲っていた鬼は三体もいたという。

「中型が一体と小型が二体。小型は二体ともアレしたけど、中型には逃げられた。追いかけるより、じいさんに救急車を呼んでやったほうがいいと思って。お前のとこに戻ろうとしたら、お前はもう勝元《かつもと》とこっちに向かってたから、待ってた」

病院で合流した夜刀は、そう説明してくれた。

勝元が言うには、ここは矢背《やせ》の息がかかった病院で、鬼に襲われたという事情を医師たちは承知しているらしい。

手術はすでに終わっていて、祖父は術後に入る病室にいた。

麻酔は醒《さ》めていたが、意識は朦朧《もうろう》としており、激痛に苛《さいな》まれているらしく、ひっきりなしに呻《うめ》いている。ガーゼで覆われた脚が痛々しい。

顔色は土気色《つちけいろ》で眼窩《がんか》も落ちくぼみ、顔や腕などに赤黒く変色した無数の引っ掻き傷があった。鬼の爪でやられたのだろう。

話ができる状態ではなく、祖母と両親も来ていたので、鴇守《ときもり》は帰っていいと言われた。鴇守のそばには、見えなくとも必ず夜刀がいる。

誰もなにも言わなかったが、使役鬼とはいえ、鬼がいることが怖かったのではないかと、マンションに帰ってきてから思った。

しかし、祖父の命を救ったのは、夜刀である。

「鴇守が心配してたから、俺もずっと気にしてたんだ。お前の家族のこと。なにかあったら、鴇守が悲しむだろ。足を食われる前に助けたかったんだけど、ごめんな」

夜刀は恩に着せるどころか、逆に鴇守に謝ってくれた。

しかも、鴇守が命令していないことを、夜刀の意思でやってくれていた。鴇守の行動から、鴇守によかれと思うことを考えて。

「いや、おじいさまが生きてるのは、お前のおかげだよ。助けてくれて、ありがとう。それにしても、おじいさまはどこで鬼に襲われたんだ？　一人だったのか？」

「それがよ、実家の近所の四つ辻《つじ》、あるだろ？　鬼が溜《た》まりやすい場所で、あそこに湧《わ》いた鬼どもはお前を見つけたら絡もうと寄ってくるから、俺がいっつも掃除してたとこ」

その場所はすぐに思い浮かんだ。

一見、なんの変哲もない住宅街の四つ辻で、鴇守も最初はその道を通っていたのだが、道が交差しているところで毎回のように鬼とすれ違う。待ち伏せしている鬼もいた。

夜刀が威嚇《いかく》すると、鬼たちはいったんは散るが、もともと鬼にとって居心地のいい場所らしく、時間が経てば戻ってきたり、違う鬼が湧いたりするのだ。

鬼がたくさんいる道だから通りたくない、と鴇守が言ったので、家族もそこに鬼が出現することは昔から知っている。

実際、原因不明の怪我《けが》をする人がいたり、理由のわからない接触事故が起こったりしやすい場所だった。鴇守の発言で、元凶が鬼であることを悟っただろう。

「あんなところで？　あそこを通らなくても、ほかに道はあるじゃないか」

「よくわかんねぇけど、じいさんはあの四つ辻に、わざと行ったみたいだったぞ」

「なんで？　鬼に注意しろって、言ったばかりなのに」

「さぁ、なんでだろうな。ボケちまったのかも？」

首を傾《かし》げる夜刀の眉《まゆ》が、ハの字になっている。

鴇守でさえわからない祖父の行動を、夜刀がわかるわけもない。今回も鴇守が気にしているから助けてくれただけで、本来夜刀は祖父がどうなろうと興味はないのだ。

その日の夜はあまり寝つけず、翌日も鴇守は病院へ行った。

祖父の様子が心配だったのと、なぜ鬼の出る四つ辻へ行ったのか、話ができるようなら聞きたかった。祖父本人には無理でも、祖母や母が少しは事情を知っているかもしれない。

そして、さらに強い警告をしなければならなかった。

鬼の襲撃はまだつづく可能性がある。とはいえ、自衛にも限界があるので、鬼から身を守る護符のようなものがあれば、修復師《しゅうふくし》に作ってもらい、持たせたいくらいだった。

今度、右恭に会ったら頼んでみようと、鴇守は考えた。

祖父は一般の個室に移っていた。

痛い痛いと叫ぶ声が廊下まで響いていて、思わず足が止まりそうになる。過干渉《かかんしょう》で口うるさいが厳格で、弱音や泣き言など聞いたことのない祖父が、叫ばずにはいられないほどの痛みなど、想像を絶する。

「大丈夫か？　出直すか？」

隣を歩く夜刀が、鴇守の肩を抱いてくれた。

鴇守はわずかに首を横に振った。今の夜刀は透明人間と同じだ。家族はまだ夜刀のことを四十センチの小鬼だと思っているので、人間の姿を取って可視化することはできなかった。

ノックをしてから、スライドドアを開ける。

病室には両親と祖母が揃《そろ》っていた。父は仕事を休んだようだ。

「おじいさまの具合、どうですか？」

鴇守が入っていくと、祖父を含めた全員の視線が突き刺さった。

「ひっ……あ、あ、うわあぁ……っ！」

痛みで細められていた祖父の目が大きく見開かれ、恐怖の絶叫をあげた。

鴇守から少しでも遠ざかりたいのか、痛み止めや点滴の管が何本もつけられた身体《からだ》で、ベッドをずり上がろうとしている。

「あなた、落ち着いて！」

「鬼が、鬼がいる……っ、鴇守には鬼が……来るな！　来るなぁっ！」

鴇守は呆気《あっけ》に取られつつ、背中がドアにつくまで無意識に後退していた。

祖母と母は暴れる祖父を押さえつけ、父は仁王立ちになって鴇守を睨《にら》みつけた。その目が怒りに燃えている。

「お前はなにをしていたんだ、鴇守！」

父は鴇守を激しく責めたてた。

「鬼使いのくせに、どうして家族を守れなかった！　お前の使役鬼はなにをしていた。鬼に命じて、家族を守らせようと考えなかったのか。なんのための鬼使いだ。自分だけが使役鬼に守られ、安全なところにいて、俺たち家族はどうなってもいいと思ってるんだろう！」

「……ち、違……！」

ぶるぶると首を横に振って鴇守は反論しようとしたが、父が口を開くほうが早かった。

「それとも、お前の鬼は小さすぎて、たいしたことができないのか？　鬼なんか、いくらでもいるだろう。もっと大きくて強い鬼と契約しろとあれほどみんなで反対したのに、小鬼なんかと契約するから肝心なときに役に立たない……っ」

歯軋《はぎし》りせんばかりにして繰りだされる父の言葉が、鴇守を打ちのめした。母も祖母も同じ考えなのか、誰も父を止めてくれない。

「鬼使いのくせに……お前は鬼使いに生まれたのに……！」

それはもはや、呪詛《じゅそ》のように聞こえた。鬼使いに生まれなかったものの恨み、鬼に守ってもらえないものの妬《ねた》みだ。

「うるせぇ！　黙れ黙れ！　こいつらの話なんざ、聞くことねぇぞ、鴇守！」

なにも言えなくなってしまった鴇守の耳を、夜刀が怒鳴りながら両手でふさいだ。

「なんだ、お前ら！　勝手なこと言いやがって！　俺が助けてやったから、じいさんは片足食われただけですんだんだろうが！　家族を守れだと？　俺が守るのは鴇守だけだ。俺は鴇守だけの鬼なんだぞ。しかも、鴇守を泣かせてばっかりいたお前らを、なんで俺が守ってやんなきゃなんねぇんだ、クソ図々しい！　こんなことなら、じいさんも助けるんじゃなかった。帰ろうぜ、鴇守！」

夜刀は鴇守をぎゅっと抱き締め、そのまま抱き上げて、病室を出ていこうとした。

足が浮いて我に返った鴇守は、夜刀の腕から下りようとしてもがいた。

「夜刀、ちょっと待って。おじいさまを助けたのは夜刀だってことは、言っておきたい」

「そんなの、どうでもいい！」

「よくないよ！」

それは今、必ず言わねばならないことだった。鴇守が役に立たないと言われるのはいいけれど、夜刀まで同じように言われるのはいやだ。

家族のほうに顔を向けると、父が顔色を変えて後退《あとずさ》っていた。

「お、鬼がそこにいるんだなっ！」

「いやぁっ！　なんてことをするの！」

母が悲鳴をあげ、祖母は目を吊《つ》り上げた。

「外へ、外へお出しなさい！　鴇守、お前のおじいさまは鬼に襲われたのですよ！　同じ鬼を病室へ入れるなんてどういうつもりなの！」

鴇守にとっては当たり前の、夜刀とのやりとりを見て、家族は騒然となった。

彼らには夜刀の姿は見えず、声も聞こえないが、夜刀は必ず鴇守のそばにいて離れない、というのは、鴇守が子どものころから変わっていない。

見えない夜刀と鴇守が会話しているところなど、家族は何度も見て知っているはずなのに、祖父が鬼に襲われた途端に、この反応になるのか。

鴇守は夜刀に縋《すが》りつき、パニックに陥っている家族を見つめるしかできなかった。

「俺をそこらへんの間抜けな鬼と一緒にすんな！　せっかく助けてやったのに、まとめてアレしちまうぞ！　鴇守を傷つけるやつは、俺が許さねぇ。家族だって容赦しねぇ……！」

夜刀は夜刀で、鴇守を抱き締めつつ、家族を睨んで怒りを滾《たぎ》らせている。

病室はさながら、阿鼻叫喚《あびきょうかん》の様相で、もはや収拾がつかない。

そのとき、背後でドアが開く音がした。

全員の視線がそちらに向いた。

立っていたのは、隠塚右恭《おんづかうきょう》だった。

右恭はつかつかと病室に入ってきて、両親と祖父母を睥睨《へいげい》した。

「お前たち、それでも矢背の血族か。矢背姓を名乗るのか。みっともない」

「なんだと！」

言い返そうとした父を、右恭は気迫で抑えこんだ。

「鬼使いは矢背一族のなかでも、特別な存在だ。お前たちとは、持っている価値が違う。矢背家に生まれたものとして、お前たちも鬼使いと鬼に関する教育を受けてきたはずだ。年を取って忘れたのか、頭が悪くて覚えていないのか、どちらだ」

「なっ、なん……っ」

息子ほどの年齢の男に馬鹿にされ、父は顔を真っ赤にして口をパクパクさせた。

「鬼使いが鬼を使役することで得られるのは、恩寵《おんちょう》だけではない。鬼使いは己が使役鬼に食い殺されるかもしれない危険と、つねに向き合っている。その鬼使いを感情にまかせて罵《ののし》るなど、万死《ばんし》に値する」

「だ、誰だ、お前は。お前なんかに……」

「矢背家の繁栄はすべて、鬼使いが築いてきたものだ。お前たちはその恩恵を受け取るばかりで、一族に貢献すらしていない。鬼も見えず、なんの役にも立たないのだから、仕方がない。鬼に襲われるのが怖い、矢背一族から逃げたいというなら、止めはしない。鬼下《おにくだ》しと新しい戸籍を用意する。いつでも言いなさい」

一拍の間を置いて、右恭は断じた。

「お前たちの意思を尊重している間に、悔い改めろ。強制的に剝奪することを、本家は躊躇《ためら》わない」

「……っ」

覿面《てきめん》だった。両親と祖母、祖父までもがおののいた。

突然現れた若い男が、矢背本家から来たものだとわかったのだろう。本家に連なるものに、鴇守の家族が食ってかかることなど許されない。立場が違う。

それに、矢背一族である誇りは、鴇守よりも家族のほうが強く持っていた。剝奪されれば、彼らの根幹を成していたものがなくなってしまう。

今まで散々馬鹿にし、相手にもしてこなかったごく普通の人間と変わらなくなる。そんな屈辱には耐えられまい。

「お前たちは鬼使いの益にならない。当面、鴇守さんとの接触を禁止する。あとのことは勝元の指示に従うように。鴇守さんも、それでかまいませんね？」

鵯守は右恭を見上げ、ぼんやりと頷《うなず》いた。

こうなっては、鵯守のほうも家族と積極的に会いたいとは思えなかった。

彼らは今、鬼に襲われたことで平常心をなくしている。鬼に食われたらどうなるか、膝から下をなくした祖父の身体で目の当たりにした。

次は自分かもしれないと、湧き上がる恐怖と怒りを持っていく場がなくて、鵯守に当たり散らしたのかもしれない。

そう察せられても、いっせいに向けられた憎しみにも似た視線は鵯守の胸に深く突き刺さり、ぽっかりと穴を開けた。夜刀が支えてくれていなければ、立っていることもおぼつかない。

右恭はスーツの内ポケットから紙片を取りだし、夜刀の額にぺたっと貼りつけた。

「なにすんだ！」

「あっ、待って」

剝《は》がそうとする夜刀を、鵯守は止めた。紙片はよく見ればお札のようで、鵯守には解読不能な、文字か模様かよくわからないものが墨で書いてある。

「お、鬼……？」

「……え？　鵯守の鬼なの？」

両親の戸惑った声で、その札によって夜刀の姿が家族にも見えるようになったのだと鵯守は理解した。

鵺守を抱き締めて支えている鬼は、家族が想像していた鬼とはまったく違うものだったに違いない。

第一に大きい。そして、角さえなければ、人間に見える。浅黒い肌をした、若くて凛々《りり》しい男の顔だ。

虎模様の腰巻しか身につけていないから、この場にいるどの男よりも精悍《せいかん》で、無駄のない美しい肉体をしていることもよくわかる。

鬼に恐怖していた祖父でさえ、魅入られたように身を乗りだして、夜刀を見つめていた。

「これが鵺守さんが契約した、小鬼だ」

右恭はことさら、小鬼を強調して言い、

「鬼使いと使役鬼は矢背の礎《いしずえ》であり、矢背そのものを意味する。お前たちの勲章でもないし、生活と命を守るために便利に使う存在などとは断じて違う。その重みと価値を、理解できるまで今一度学びなさい。今後も矢背一族でありつづけたいならば」

と命じた。

静かな怒りが込められた、決して逆らうことを許さない声だった。

うなだれ、言葉もない家族にかける言葉もなく、鵺守と夜刀、右恭は病室を出た。夜刀の額の札は、出る前に右恭が外した。

無言のまま三人は病棟を出て、ベンチのあるところで立ち止まった。

「顔色が悪いぜ、鴇守。このベンチに座れ。あいつらの言ったことなんか、気にすんな。ブタが鳴いてると思え。なんか、欲しいものあるか？　水とか？」

夜刀は鴇守を気遣い、頭を撫《な》でたり背中を抱いたりして慰めようとしてくれた。

実家で家族と暮らしていたとき、いつもこうして夜刀が鴇守を庇《かば》い、慰め、鼓舞してくれていた。夜刀だけが、鴇守の理解者だった。

鴇守は懐かしい気持ちになり、夜刀の優しさに包まれて泣きそうになった。

「いらない、なにも。お前がいてくれたら、それでいい」

「ずっといる。俺はお前の味方だし、望むなら仕返しもする。……するか？」

鴇守は小さく苦笑し、それを断った。

「しない。夜刀が仕返ししなくても、みんなは今、恐れおののいてる。右恭さんの言葉で」

右恭に視線を向ければ、彼は額に手を当て、無言で頭を小さく振っていた。

「なんだ、反省か？　やっちまったか？　俺の姿を鴇守の家族に見せるなんてよ」

右恭が夜刀を睨んだが、その目にはさほど力はなかった。

「あとで勝元に口止めさせます。再教育の件もありますし。あそこまで愚かだとは思わなかったので、つい」

誰にともなく弁解するように、右恭は言った。

鴇守は右恭が病院に来た理由を考えていた。

鬼に襲われた経緯について、祖父に話を訊《き》きに来たのかと思ったが、一方的に叱《しか》りつけて脅し、夜刀の姿を見せるという当主の命に背くことをやったのち、一緒に出てきた。

そして、反省している。

右恭が来て、言い返してくれなかったら、鴇守が逃げだす前に夜刀の堪忍袋の緒が切れて、病室は今ごろ大変な騒ぎになっていたに違いない。

家族の豹変《ひょうへん》は鴇守にショックを与えた。

いや、豹変ではなく、深層意識として持っていたものが、恐怖を機に表に出ただけなのかもしれない。

父は鬼使いに生まれた息子を羨んでいた。自分が鬼使いなら、大きくて強い鬼と契約し、仕事でも活躍し、家族をも守れる英雄になれるのにと夢見ていた結果が、あの発言につながるのだとしたら、虚《むな》しかった。

家族の誰も、鴇守を庇ってくれなかった。誰一人として。

取りとめのない鴇守の思考を、右恭が遮った。

「あなたの家族の反応は、鬼使いの家族としては珍しいものではありません。自分は鬼使いでもないのに、口を挟みたがり、鬼使いについて誰より理解している態度を取る。大きな勘違いです。今回の件は、おじいさんの自業自得の行動から、この被害になったようです」

「……どういうことですか？」

「あなたが帰ったあとで、勝元が昨日、聞き取りを行いました。矢背一族が襲撃を受けているとわかってから、我々は鬼が出現した地域をまとめ、今後、出現しそうな地域を絞り、そこに住む血族に鬼から身を守る護符を渡していたのです。全国に散らばるすべての血族をカバーすることはできませんが、ある程度の効果は見込めるだろうと」

「その護符を、祖父は持っていたと？」

「むろんです。関東一円に住む血族は漏れなく、配布リストに載っています」

「じゃあ、なぜ」

「彼は鬼使いの祖父ということに妙な自信を持ち、鬼など返り討ちにしてくれると、護符を身につけずに、鬼が出やすいと評判の四つ辻に出かけたそうです」

「じいさん、馬鹿だったのか。いや、馬鹿だとは思ってたけど」

夜刀が啞然《あぜん》として呟《つぶや》いた。

鴇守も似た感想を抱いたが、言葉にはならなかった。

「……護符を持っているかぎりは、もう鬼に襲われることはないんですね」

なんとかそれだけを言った。

「襲われたときに、身を守るものです。襲われないことを保証するものではありません。最強の護符ではないので、強い鬼に遭遇したら破られる可能性は高い。ですが現状、我々ができる自衛は、これで手一杯なのですよ」

「……いえ、充分な対応だと思います」

鬼の襲撃を防ぐ護符をもらえないか頼んでみるつもりだった鴇守は、本家が早々に対応していたことを知り、恥じ入りたい気持ちになった。

護符がどんなに強い効果を発揮しようと、身につけていなければ意味がない。

子どものころから鴇守が泣き喚《わめ》き、熱を出して倒れるほどに怖がった鬼という異形の存在を、なぜ侮ることができたのか、祖父の考えには理解が及ばなかった。

人は目に見えるものしか、認識できない。認識できないものに、必死になって家に閉じこもり、身を守ろうと自衛するほど恐怖は抱けない。

大学入学で一人暮らしのために実家を出るまで、鴇守が切々と訴えた恐怖を、やはり家族は誰も共感していなかったのだ。

「家族にあんなふうに責められて、動揺する気持ちはわからないでもありません。ですが、鬼使いは万能の存在ではなく、この世に鴇守さん、あなた一人ではないのです。あなたへの侮辱は、鬼使いすべてに対する侮辱です。あなた以外の六十四人の鬼使いたちの名誉のためにも、きちんと反論はしてください」

消沈している鴇守にかけられた右恭の声は、心なしか優しかった。

「でも、役立たずと罵られているのは俺です。そして、役立たずなのは、俺だけです。言い返す言葉は浮かびませんでした」

「こんな日に厳しいことを言うのは私も気が引けるのですが、敢えて言いましょう。実際、あなたは役に立たない鬼使いです。修行の様子を見ても、伸びしろがあるようには思えない。才能の煌《きら》めきがない。だからといって、あなたの家族に馬鹿にされる謂《いわ》れはないのですがね」

「……」

気が引けているとは思えない、はきはきした口調である。

「では、弱い鬼使いは、貢献度の低さから、鬼使いであることを辞めたほうがいいのか？　いいえ、そんなことはありません。心の持ちようです」

右恭は言葉を切り、鴇守を見つめて言った。

「矢背の長い歴史のなか、鬼使いたちは食われる危険と背中合わせの状態で鬼を使役して働き、尽くしてきました。今は使役鬼を選ぶ権利は、鬼使いに一任されています。いかにも弱そうな十センチの小鬼を選んでも、選びなおせとは言われない。そうだったでしょう？」

「はい」

「過去には、知能が低く、慈悲を持ち合わせずとも、力の強い鬼を使役することが望まれた時代がありました。そんな使役鬼でも、主《あるじ》のことは好きなのです。好きだから、食べたくてたまらなくなる。使役鬼に食われた鬼使いたちは数えきれません。鬼使いたちの犠牲のすべてを、私は尊く感じる。脈々とつづいてきた矢背の鬼使いの誇りをせめて、あなたにも持ってほしいと願います」

胸が詰まった。

鴇守の才能が伸びていくことを、右恭は期待していない。まったく、小指の爪の先ほどの可能性さえ、見出していない。

にもかかわらず、鴇守を切り捨てることなく、持て余すこともなく、鴇守が矢背の鬼使いとして生きていくことを許容している。

それがわかったのだ。

弱く、使いどころのない無用の駒。自分はそういう鬼使いなのだと、自覚していた。

弱いから、人の生死に関わる仕事はしたくない、できない。弱いから、責任が伴う地位にはつきたくない、つけない。

弱さを盾にして逃げるばかりだった。

逃げて、居場所をなくしていたのは鴇守自身で、弱さごと受け入れてもらえるとは、考えもしなかった。

目の奥にツンとした痛みが走り、うっすらと涙が滲《にじ》んだ。

居心地が悪ければ、どこへでも逃げればいいと夜刀は言う。俺が連れだしてやると、頼もしく言う。

それはたしかに、鴇守の気を軽くしてくれた。逃げる場所があるのは、安心できる。一緒に逃げてくれる人がいるという、心強さがある。

だが、鴇守はここにいたかった。

弱いままここにいてもいい理由を、ずっと探していた気がする。そのことに自分でも気づいていなかったけれど、きっとそうだと思った。

泣きたい衝動を俯《うつむ》いて堪《こら》えた鴇守は、呼吸を整えてから立ち上がった。

「鴇守？　大丈夫か？」

支えてくれようとする夜刀の手から離れ、自分の足で立つ。

「うん。夜刀、これから言うこと、黙って聞いててくれ」

夜刀をどんなに愛して、この先夜刀と二人で歩んでいこうとも、男の決意とは独りで示すものだった。

「……右恭さん。俺は伸びしろのない役立たずです。でも、今のままではいけないことはわかります。これ以上の犠牲は出したくない。俺にできることをやりたいんです。なにかないでしょうか」

「あなたにできることなら、ほかの鬼使いがとっくの昔にやっています」

「……っ」

けんもほろろの返答に、鴇守は早くも挫《くじ》けそうになった。

だが、もう鴇守は立ち上がってしまったのだ。

「でも、なんとかしたい。なにかがしたいんです。俺なりにできることを」

「それなら、同調の修行をしなさい。あなたの急務ですよ」

「もちろん、それも頑張ります。大事なことだとわかっています。だけど、それだけでは鬼の襲撃を防げない。俺と夜刀でなんとかできればいいけど、いい考えが浮かびません。右恭さんなら、考えている作戦があるのではないですか」

右恭は眼鏡を指で上げ、値踏みするように鴇守を見た。

「……ずいぶんやる気になってますね。同調の修行をすると言いだしたときの、空回りしていたやる気とは違う。今のあなたは悪くないですよ。祖父の足を食べられてようやくその気になるとは、遅きに失したと言わざるを得ませんが、取り返しがつかないほどでもない」

そのとき、獣のような声で夜刀が吠《ほ》えた。

くどい、嫌味くさい、と思っているのが、丸わかりだった。黙って聞いていろと鴇守が言ったので、我慢して吠えるにとどめたのだろう。

鴇守は夜刀の腕をそっと撫で、その自制を褒めてやった。

「右恭さん、お願いします。どうか、力を貸してください。自業自得でも、足をなくした祖父を気の毒に思います。両親も祖父母も、あんなふうに言われても俺の家族だし、ほかの見知らぬ血族であっても、鬼に襲われるのを手をこまねいて見ているのは、あんまりです。俺の夜刀なら、どの鬼より強い。やり方によっては、いろんなことができます」

右恭から目を逸《そ》らさず、鴇守は彼としばし見つめ合った。

今まで、じっくりと見たことはなかったが、見れば見るほど、細面の整った顔立ちをしている。レンズの向こうの切れ長の目は冷たく、高く通った鼻梁《びりょう》と、薄い唇も冷たい。

夜刀が真冬に裸でも暑苦しい男なら、右恭は真夏にコートを着込んでいても寒々しく見える男だ。

十二月に入った今は、見ているだけで体温が下がってきそうだった。

「それなりに覇気というものが出てきたようですね。……悪くない。己の無力を知り、私に助力を乞《こ》うのはいい判断です」

とてつもなく偉そうな態度で、右恭は了承した。了承したと見ていいだろう。

「ありがとうございます！」

鴇守は声を弾ませた。

自分にもできることがある。そう思うだけで、力が湧いてくるようだった。

右恭は本家に戻って報告をしなければならないそうで、三人は夕方に集まる約束をした。

鴇守と夜刀はいったん帰宅することにし、部屋に入るなり、夜刀が硬い声で言った。

「なんであんなこと言ったんだよ。自分から危険に飛びこむようなもんじゃねぇか」

右恭との話の流れを気に入っていないのは、明らかである。

夜刀の気持ちを思えば、当然だった。

だが、鴇守にも譲れないものがある。

「そうしないといけないと思った……違うな、俺がそうしたかったからだ」

「俺はやりたくねぇ。つまり、鬼が矢背一族を襲う理由を探って、襲うのをやめさせるんだろ？　そんなの危険すぎる。六道《ろくどう》の辻《つじ》にだって、行くはめになるかもしれない」

異形の鬼たちが棲《す》む世界について、鴇守は思いを巡らせた。鴇守が想像する最悪なものすべてを詰め合わせても、まだ足りないほどのおぞましさに満ちた世界だろう。

「前にも言っただろ。好んで行ったりはしないけど、行かなきゃならないときは行くよ、六道の辻に。怖いけど、頑張る」

夜刀は勢いこんで、反対した。

「駄目だって！　頑張ったって、どうにもならねぇよ。前後上下左右斜めも、どこもかしこも鬼だらけだ。鴇守が絶対に行っちゃいけない場所なんだ、あそこは！　気持ち悪い鬼がいっぱいいるんだぞ？　鴇守には耐えられねぇよ」

「でも、頑張るって決めたんだ。夜刀が心配してくれるのはありがたいよ。でも、夜刀にも協力してほしい。俺があんなふうに右恭さんに言えたのは、夜刀がいるからだ。いつだって、夜刀がそばにいて守ってくれると信じてるから、一歩踏みだす決意ができた。六道の辻でも、俺を守ってほしい」

喚きたいのを堪えるように、夜刀は口を開いた。

「なんでそんな決意をしちまったんだよ！　そりゃ、俺はいつだってお前を守るけどよ。行きたくないところに行って、つらい思いをしてまで、矢背にいる必要があるか？　俺が連れて逃げてやる。今すぐ、逃げよう！」

「逃げたくないんだ、俺。矢背の鬼使いとして、生きていきたい。夜刀と一緒に」

鴇守は穏やかに言った。それが鴇守の願いだった。

むぅ、と口をへの字にして、夜刀は唸《うな》っている。

鴇守の決意は、鴇守を傷つけたくなくて、ほかの鬼とも会わせたくない独占欲の強い夜刀に我慢を強いる。そのことは申し訳ないと思う。

だが、鴇守のために耐えてほしかった。

そして、夜刀が耐えたのと同じだけの、いや、それ以上の愛情を返すことで、彼の献身に報いたい。

鴇守は夜刀の両手を取り、ぎゅっと握った。

大きな手だ。鴇守を守ってくれる手だ。この温かさが愛おしい。

「夜刀のいない人生なんて、考えられない。夜刀がいるから、俺は生きてこられたし、これからも生きていける。夜刀が俺を愛してくれてることが、俺の力になる。俺も夜刀を愛してる。お前にはいやな思いをさせるけど、俺と一緒に鬼使いの道を歩いてほしい」

真摯《しんし》に、一言一言に魂を込めて伝えた。

しばらく黙って考えたあとで、夜刀は鴇守の手を揺らし、拗《す》ねたように呟いた。

「お前と一緒は当然だけど、でも、あの眼鏡陰険野郎も一緒じゃねぇか」

「右恭さんは修復師で、俺を導いてくれる人だよ。あの人は前を歩く。俺と夜刀は隣同士で一緒に歩くんだ」

「こうやって、手をつないでか？」

「そう。俺と夜刀は絶対に離れない。だから、頼む。俺の思うとおりに、歩かせてほしい」

夜刀はまた、少し黙りこんだ。考えているのだろう。反対したくてたまらないのだろう。鴇守を連れて、今すぐにでも逃げたいのだろう。

だが、夜刀はそうしなかった。鴇守を見つめて、ぽつりと言う。

「俺が好きか？」

「好きだ」

「愛してる？」

「愛してる」

「浮気しないか？」

「……しない」

「返事が遅い」

鴇守は誤魔化《ごまか》さずに、正直に言った。

「ごめん、夜刀。今回の事件が解決するまでは約束できない。お前の浮気の基準は厳しすぎる。必要があれば、俺も鬼と目を合わせたり、しゃべったりしなきゃいけないと思う。悪いけど、耐えてくれ」

「じゃあ、耐えたぶんだけ、あとで鴇守の身体にいやらしいことしていいか？」

「いいよ」

「ものすごく、いやらしいことするぞ？」

「い、いいよ……」

ものすごくいやらしいことが、どれくらいいやらしいのか気になったが、鴇守は頷いた。夜刀がすることは、すべて受け入れてあげたかった。

「わかった。鴇守がそうしたいなら、俺は鴇守に従う。納得できないときは、そう言う。それでいいか」

「ありがとう！」

握っていた手を離し、鴇守は夜刀に飛びついた。

8

作戦会議は、右恭が事務所として借りているビルの一室で行われた。

右恭は修復師として本家から依頼される仕事を請け負っていて、本家現屋敷の建物のなかには右恭のオフィスがあり、仕事で使う術具などはそちらに保管してあるそうだ。

こちらは、本家に出向く必要がないときに使っているらしい。

事務所といっても、デスクと書棚、ソファセットが置いてあるだけのこぢんまりとした部屋で、一見どころかじっくり見ても、この部屋の主がなんの仕事をしているかわからない。

三人を出迎えてくれたのは、黒猫だった。

右恭が猫を事務所で飼っていることに鴇守は驚き、美しい毛並みと鮮やかなブルーの瞳を持つ猫を見つめた。

鳴きもせず、しなやかな身のこなしで右恭の足元にとことこ歩いていった猫は、右恭がなにやら口のなかで呪を唱えたと思ったら、姿を消していた。

「式神だ。陰陽師《おんみようじ》がよく使うやつ」

夜刀が言った。

では、あれは本物の猫ではないのだ。

鴇守は生まれて初めて、式神というものを見た。鬼を見る目は持っていても、式神と猫を見分ける目は持っていない。

なぜ式神が猫なのか、猫に留守番をさせていたのか、猫以外に式神はいないのか、訊きたいことはそれなりにあったが、右恭とはそこまで馴《な》れ馴《な》れしい関係ではなく、そんな話をしに来たのでもない。

鴇守と夜刀、テーブルを挟んだ向かいに右恭が座った。

「鬼たちの襲撃は、はじめこそ無差別に思えたものの、今や明らかに矢背一族を狙っています。鴇守さんの鬼が言うには、一般人と血族は感覚によって区別できる。だが、見分けるセンサーは鬼によって違うし、血族の血の濃さでも変わってくる。そうでしたね？」

「はい。夜刀はそう言ってました」

正規の前で夜刀に聞いた話を思い出しながら、鴇守は頷いた。右恭は正規から、報告を受けていたのだろう。

「鬼たちがなぜ、矢背一族を狙うようになったのか、理由はわからない。しかし、鬼たちにはリーダーがいるのではないかと、私は推察します。襲撃してきた鬼たちは三本指が多かった。三本指をまとめ、足並みを揃えて矢背を襲わせるだけの統率が取れるのは、五本指の鬼しかいません。力のある五本指の鬼なら、六道の辻と人間界の間にある障壁に穴を開けるか、破るかして、鬼たちを自由に行き来させられる」

鴇守はごくりと唾液《だえき》を飲みこんだ。

鬼の大多数は三本指で、ごく稀《まれ》に五本指の鬼が存在する。五本指の鬼は三本指の鬼に比べて知能が高く、慈悲を持ち合わせているという。

夜刀、正規と正規の側近たちの使役鬼は五本指だ。人間に近い容姿を持ち、能力も高いが、知恵があるぶん扱いが難しいと言われている。

「これまで五本指の鬼の目撃情報はありません。用心深い証拠です。我々はとにかく、鬼たちが矢背一族のみを狙う理由を突きとめなければならない」

「どうやって突きとめるんだよ。鬼をとっ捕まえて尋問でもすんのか」

夜刀が軽口を叩《たた》いた。

「現状では、それが一番有効な方法でしょう」

右恭は夜刀を見ず、真面目《まじめ》な顔で頷いた。

「神出鬼没の鬼を捕まえる方法があるんですか？」

「私の占いで、次の襲撃場所を絞ることはできます。待ち伏せして捕まえるのです。しかし、どんな鬼が、どれだけの数で出てくるかまではわからない。当然、危険が伴う。これは、五本指を使役する鬼使いの誰かと協力してやるつもりの作戦でした」

「俺と夜刀が協力します」

鴇守は力強く言った。

五本指の使役鬼を持つ鬼使い、つまり当主の側近たちがやるはずだった重要な仕事を、鴇守がやる。

今までなら怖気《おじけ》づいていただろう事態に、心が奮い立つようだった。仕事を前にして、こんな気持ちになったことはない。

「あなたは鬼を惹《ひ》きつける体質なので、どの鬼使いより適任です。出てくる鬼の数が多いほど情報も増えるでしょうから」

「おい、やめろよ。その、鬼にモテモテ、愛され体質！　みたいな言い方。ムカつくぜ」

少し前には鴇守を鬼ホイホイと称した夜刀が、我が身も振り返らず、右恭を睨みながら文句をつけている。

「夜刀、約束」

鴇守が呆《あき》れて昼間のことを持ちだすと、夜刀はうっと詰まり、唇を尖《とが》らせつつ黙った。


作戦は三日後に決行された。

右恭が示したのは、鴇守のマンションから車で三十分ほど走ったところの、住宅街の外れにある空き地だった。車や人通りはなく、一番近い民家もかなり離れていて、鬼の捕獲作戦にはちょうどいい。

その場所を、右恭は修復師が所有する特殊な式盤《しきばん》を使って占ったという。時間は丑寅《うしとら》、つまり午前二時から四時くらいらしい。

鴇守と夜刀は、右恭が運転する車に同乗し、二時間前の午前零時に現場に到着した。

外灯の明かりは少し遠いが、月の光が明るくて、暗さに目が慣れてくると意外にも周囲はよく見えた。

右恭はまず、空き地の一部分に丸い石を四つばらばらに埋めこんだ。埋めたところを線でつなぐと、四角形になる。

次に、鴇守と夜刀に四角形の内側に入るように言い、右恭自身も入ってなにやら呪文を唱えながら、反閇《へんばい》を行った。

反閇は独特の歩行術だが、作法のすべてによどみがなく、手足の先まで神経が行き届いているのがわかる。

動作のひとつひとつが初めて目にするもので、鴇守は寒さも忘れて見入った。右恭の表情はそぎ落とされ、彼自身が無機質な道具のようにも思える。

準備が終わると、右恭は最後に一枚の札を出して鴇守に渡した。

「これをあなたの鬼に貼りつけてください。どこでもかまいません」

「はい」

鴇守が夜刀の背中に札を押し当てると、接着剤もついてないのにぺたりと貼りついた。

つねに夜刀が発している、ほかの鬼を威嚇する強烈なオーラが途端に縮み、ほとんど見えなくなった。

夜刀は気に入らないように舌打ちしながらも、平然としている。力を奪うものではなく、見えなくするだけのものらしい。

便利な札である。二人で鬼退治をしていたときに、この札が欲しかった。

「鬼を逃がさないための結界を張りました。あとは出てくるのを待つだけです。知能のある鬼が出てくるといいのですが」

「場所や時間までわかるって、修復師ってすごいんですね」

まるっきり、素人の感想だ。

馬鹿みたいに聞こえるだろう、そして馬鹿にされるだろうと思いつつ、感心せずにはいられなかった鴇守である。

右恭は案の定、小馬鹿にした目で鴇守を見たが、道場で向けられていた冷たい視線より、若干温かみがある、ような気がした。

「地域を絞り、鴇守さんがそこに存在することを軸に占った結果です。矢背一族の誰かが、次にどこで何時ごろに襲われるか、ということが占いでわかれば自衛の助けになるのですが、それは漠然としすぎていて難しい。事前に襲撃の可能性ありと具体的に通達すれば、よりいっそうの混乱を招きそうですし。護符に頼らざるを得ませんね」

「護符は右恭さんが作ったんですか?」

「修復師たちが手分けして作りました。数が多く、念を込めるので時間がかかるんです。矢背の血族は、薄まってはいるが鬼の血が混ざっている。血族以外の普通の人間とは違い、三つほど作業が増えます」

「なるほど」

鴇守は頷いたが、護符の制作作業について具体的な光景は思い浮かばなかった。詳しく訊いても、理解できるとは思えない。

「鴇守、寒くねぇか? お前はすぐ、熱を出すからよ」

強い風が吹きつけるたびに、夜刀が鴇守を気遣った。

「平気だ」

「おい、眼鏡野郎。鬼が出てくるまで立ちっぱなしかよ。鴇守が疲れちまうじゃねぇか」

「大丈夫だから」

「鴇守だけ、車のなかで待ってろよ。そのほうがいいって」

「それじゃ意味ないだろ」

「鬼が出てきたら、すぐに離れろよ。俺がとっ捕まえてやるから。鬼と目を合わせるなよ、絶対だからな?」

「わかってる」

「なぁ、やっぱり車で待ってたらどうだ？」

鴇守をほかの鬼に見せたくない夜刀は、往生際が悪かった。今からでも鴇守をこの場から遠ざけたくて必死になっている。

いくら鴇守と約束しようとも、自らの欲望に素直で、我慢しないのが鬼の基本的性質だ。夜刀にとって一番いやなことを我慢させられているのに、説得によって解決を図ろうとするあたり、やはり知恵のある鬼だけのことはある。

「……お前はいい鬼だな、夜刀」

鴇守は優しく言った。

「へっ？　なんだ急に。そんなの当たり前じゃねぇか。俺は最高にして格別、極上の鬼だ。強くて賢くて役に立つ！」

「うん。そのとおりだ。俺をどんな危険からも遠ざけ、守ってくれる」

「へへっ」

褒められて、夜刀は満足そうに笑った。

本当に俺の鬼は可愛《かわい》いなぁと思った鴇守の視界の隅で、なにかが動いた。

夜刀が飛びかかり、首根っこを摑《つか》んだ。

ギュウ、という濁声《だみごえ》の悲鳴があがるまで、一瞬の出来事だった。

「こっち見るな、鴇守！　絶対見るな！　おい、捕まえたぞ」

鴇守は夜刀と鬼から距離を取り、鬼と目を合わせないように注意しながら、伏し目がちの横目でちらっと様子を窺《うかが》った。

夜刀によって摘《つま》み上げられた鬼は一体のみ、それも全長一メートル程度の三本指だ。あまり知能があるようには見えない。

右恭が歩み寄って、鬼に訊いた。

「お前たちはなぜ、矢背を襲う？　矢背に恨みがあるのか？」

「ガァウ！」

「六道の辻からどうやって出た？　お前に命令を出している鬼はどこにいる？」

鬼は逃げようともがき、夜刀に指で弾かれるとおとなしくなったが、またすぐに暴れ始めた。

右恭の質問の意味を理解しているとは思えず、意味不明な鳴き声しか発しない点から見て、言葉は話せないのだろう。

ほかにも鬼がいないかと周囲を探したけれど、見当たらなかった。

作戦は失敗だ。一度でうまくことが運べば、苦労はしない。わかってはいても、落胆は隠せない。

顎《あご》に手を当てて、なにやら考えていた右恭が言った。

「この鬼に印をつけて離し、どこへ帰るか探ってみましょうか。六道の辻か、人間界のどこかで鬼の吹き溜まりができているのか。案内してくれれば、儲《もう》けものです」

「鬼ホイホイに誘われて出てきたのかよ、お前。この夜刀さまがいるのに、近づくのを許すわけねぇだろうが」

鬼の顔を右恭のほうへ向けていた夜刀は、尋問が成り立たないと知ると、くるっと手首をまわして鬼と向き合い、睨みつけた。

「ギョワワ！」

鬼から出たその声は、歓声のように聞こえた。恐怖からあげる悲鳴とは、絶対的に違う。

自分を摑んでいる鬼が誰かわかり、喜んでいるようにしか見えない。宙に浮いた四肢をばたつかせて、夜刀になにかを訴えている。

鬼の反応の意外さに、鴇守はつい顔を上げ、一歩踏みだして夜刀と鬼を見た。

「なに？　夜刀の知り合いなのか？」

「こんなやつ、知らねぇよ。気持ち悪い」

「でも、嬉《うれ》しそうだよ。なにを言ってるのか、注意して」

聞いてみたら、と言いかけたとき、鬼が振り向いて鴇守を見た。

目が合った。

しまった、と思う間もなく、鬼はさらなる歓声をあげた。

「ギャウゥー！」

鉄工所から聞こえる作業音にも似た、もはや絶叫である。

これまで鴇守を見た鬼は、初恋に恥じらう少女のように赤面しつつモジモジしていることが多かったが、この鬼は違った。

雄叫《おたけ》びをあげ、渾身《こんしん》の蹴《け》りで夜刀の手から逃れて、鴇守に飛びついてきた。

全身が茶色い鬼だった。目が三つあって、それが全部鴇守を映していた。

「わぁぁっ！」

鴇守も鬼に負けず劣らずの悲鳴をあげ、逃げようとして体勢を崩した。

地面に転がる前に、誰かが腕を引っ張って抱き寄せてくれた。夜刀かと思ってしがみついたが、匂いが違う。

密着した頬《ほお》に当たっているのは、上質なコートの布地だ。

右恭は鴇守を胸に抱いて庇いつつ、口のなかで呪を唱え、素早く指でなにかを切る仕草をした。

鴇守に触れる前に、鬼は見えない力に弾き飛ばされ、激怒した夜刀が振りかぶった大刀《だいとう》で斬《き》り伏せられた。血は迸る《ほとばし》るが、鬼の死体は塵《ちり》となって消え、あとには残らない。

「う、浮気すんなぁーっ！」

夜刀も咆哮《ほうこう》し、大刀を放りだして右恭から鴇守を奪い返した。

鴇守は抱き寄せられるまま、夜刀の温かい身体に縋りついた。驚きと恐怖で身体が震えている。声も出てこない。

あの鬼は間違いなく、鴇守に抱きつくつもりだった。

鴇守を見ればまず、跪《ひざまず》いて忠誠を誓うのが順序だと信じていたのに、鴇守の許しもなく、あんなふうに積極的に飛んでくる鬼がいたなんて。

もしかすると、これまで会った鬼たちはそれなりに力も強く、知能も備えていたから、礼儀正しくもあったかもしれない。知能が低くなれば、本能が占める割合が増え、猫がねこじゃらしに飛びつくように、条件反射的な行動を取るのだとしたら。

恐ろしかった。全長一メートルの小鬼でも、鋭い牙《きば》と爪を持っている。

鬼のほうに鴇守を傷つけるつもりはないようだが、不注意で当たっただけでも、鴇守の柔らかい肉体は大惨事になる。

鴇守が夜刀の懐に包まり、震えを抑えながらいろいろ考えている頭上で、夜刀と右恭が睨み合っていた。

猫の目に似た夜刀の縦長の瞳孔は興奮して大きく開き、鼻の上に皺《しわ》を寄せ、長く伸びた牙を剝《む》いて威嚇している。

右恭もまた、挑発的に顎を上げ、夜刀の威嚇を一歩も引かずに受け止めていた。

お互い、気に入らないが、一筋縄ではいかないこともわかっていた。

夜刀は鴇守の了解を得ないまま、右恭を始末することはできないし、右恭もまた、鬼使いの了解なく使役鬼に手を出すことは許されない。

頭上の剣呑《けんのん》な空気に気づく余裕もなく、鵠守は深呼吸をして心を落ち着かせた。もう鬼はいないし、夜刀と右恭のおかげで怪我もしていない。

冷静になると恥ずかしくなってきて、鵠守は二人に礼を言った。

「助けていただき、ありがとうございました。夜刀もありがとう。鬼は俺を襲わないんだから怖がったりしないと心に決めてこの作戦に挑んだんですけど、無理でした。騒いでしまって、すみません……」

鵠守の謝罪に、右恭は理解を示した。

「あれでは致し方ありません。結界のなかなので、叫んでも声は外には届きませんよ。……私も驚きました。鬼が一目で落ちる瞬間を実際に見たのは初めてですが、熱烈ですね」

「今まではあそこまで激しくありませんでした。もっと節度があったというか……。あの鬼だけが特別なのか、俺にもわかりません」

「捕縛できなかったのは残念ですが、あの程度の鬼から得られる情報は少ないでしょう。今後も、私の質問に答えられる鬼が出てくるまで、同じことを繰り返すか、先ほどやろうとしたように、泳がせてどこへ行くか探ります」

「はい」

「行き先が六道の辻だった場合、追いかけることになりますよ」

「……覚悟はできています」

「六道の辻はやっぱ、やめたほうがよくないか？　さっきみたいな目に遭うの、怖いだろ？」

「いや、行く」

鴇守は夜刀を見上げて、言いきった。

鬼への恐怖は一朝一夕では消えないし、どんな心構えをしていても、実際に鬼が鴇守に向かってくれば、パニックに陥って慌てふためくに違いない。

それでも、鴇守の気持ちは折れていないことを示したかった。

鴇守を見ていた右恭は、小さく頷いた。

「いいでしょう。それにしてもあの鬼、鴇守さんの鬼を見て喜んでいましたね」

「俺もそう感じました。夜刀は本当にあの鬼のこと、知らないのか？」

「知らねぇ！　俺とあんなクソ鬼が知り合いだと思うのか？　冗談じゃねぇ。俺は昔から群れたりすんの、嫌いだし。仲間も手下もいねぇよ」

腹立たしげに怒って言う夜刀の言葉に、嘘《うそ》はなさそうだった。

過去は振り返らない鬼らしいから、忘れている可能性もあるが、たしかに会話すら成り立たない小物の鬼と、自らを最強の鬼と称する夜刀が親しくしていたとは思えない。

「我々の憶測では、わかりませんね。今日は諦《あきら》めるしかありません。帰りましょう」

右恭は四隅に埋めていた丸い石を掘りだし、コートのポケットに入れた。

「結界を張るときに使う、術具ですか？」

今後も同じ光景を見るだろうと思い、鴇守は訊いておくことにした。

「私が思念を練り上げて作った式神です。今回のように術具として使うこともできます」

「事務所で見た式神は黒猫でしたが」

「あれもいますよ。肉体を持たせるときは猫に、それ以外のときは石に移しているんです。持ち歩きが便利なので」

「持ち歩き……。動物ばかりなんですか?」

「内緒です。修復師が使役する式神について、あまり根掘り葉掘り聞いてはいけません」

「あ、すみません。俺はものを知らなくて……」

立ち入りすぎたと知って謝った鴇守に、右恭は言った。

「学んでいないのですから、知らないのは当たり前です。これから、学べばいいのですよ」

それは、矢背の仕事に今後も密接に関わっていくことを前提としている。

深みにはまっていく恐ろしさと同時に、武者震いするような期待もあった。

「……はい」

鴇守は頷き、手探りで夜刀の手を摑んだ。すぐに握り返してくれるのが、心強かった。

9

鴇守は生まれて初めて、夜刀以外の鬼と手をつないでいた。

「ろおくどおう、つぅじ、いいっしょ、いっしょ」

鴇守より二十センチほど背の低い鬼が、くぐもって間延びした声で、歌でも歌うように呟いている。足取りは軽く、楽しげだ。

三歩歩くたびに、一歩分遅れて歩く鴇守を満面の笑みで見つめてくる。

鴇守は決して笑い返したりしない。返事もしない。愛想をよくしたら、鬼が大歓喜して鴇守にすり寄ってきて、道案内どころではなくなるからだ。

右恭、鴇守、夜刀の三人で結成した即席チームは、通算四度目の作戦にしてようやく、鬼と意思の疎通を図ることに成功した。

二度目、三度目のときにも、現れたのは会話が成立する鬼たちだった。囮《おとり》の鴇守はそこでお役ごめんとなり、右恭と夜刀が尋問を開始するのだが、鬼たちはすでに鴇守の存在を認識している。

右恭や夜刀の言うことなど、どの鬼も聞かず、鴇守に近づこうと暴れるので、夜刀が怒って大刀で斬り伏せてしまった。夜刀を知っている素ぶりを見せる鬼もいなかった。

この先、何度やっても、同じことの繰り返しになるのではないかと危惧《きぐ》されたが、今日はなんとか、うまくいった。

かしわの葉の色をした鬼で、容姿は人間寄り、顔は愛嬌《あいきょう》のある部類だが、口にしまいきれない二本の長い牙が下顎から上に伸びていた。

三本指の手は手のひらまで緑色でしっとりしていて、指と指の間に水かきみたいな膜があり、鬼の手というより河童《かっぱ》の手のようだった。いや、鴇守は河童を見たことはないけれど。

——気持ち悪い……。振り払いたい。でも、我慢しなきゃ。夜刀だって我慢してる。我慢、我慢……。

念仏のように口のなかで唱えながら、鴇守はもつれそうになる足を必死で動かした。

ほんの三十分ほど前、この鬼は右恭が張った結界にひょっこり出てきた。

鴇守を見るとほかの鬼同様、目を輝かせたが、いきなり雄叫びをあげたり飛びついてきたりすることはなく、照れたように身をくねらせたあと、そっと鴇守に両手を差しだし、指と指の間の水かきを広げて見せた。

どうやら、この鬼のアピールポイントらしかった。水かきのある鬼は珍しいのかもしれないが、どうでもよかった。

「なんだこいつ。水かき自慢かよ！　俺がぎゅっと絞めて、吐かせてやる」

「夜刀、ちょっと待って。俺が訊いてみる。右恭さんも下がっててもらえますか」

鬼を捕まえようと手を伸ばす夜刀を止めて後ろに下がらせ、鴇守は鬼の目も水かきも見ないよう、視線をずらして尋問を開始した。

「お前は矢背の血族を狙って、出てきた鬼だな？　なぜ矢背を狙う？　誰かに命令されているのか？」

鬼との対話は鴇守の役目ではなかったが、この鬼となら話ができそうだと思ったたし、鬼にしても、夜刀や右恭より、鴇守に問われたほうが答えやすい気がしたのだ。

果たして、水かき鬼はニコォと笑った。夜刀の怒気が膨らんだ。

「おにつかあい、みいつけた、おにつかあい、けぇーいやくっ」

間延びして聞きづらい声だが、鴇守を矢背の鬼使いだとちゃんと認識している。

水かき鬼が指を口元に持っていくのが、視界の隅に入った。

契約のための血を差しだそうとしているのがわかり、鴇守は慌てて拒否した。

「しない！　契約はしない！　俺にはもう使役鬼がいる。これだ！」

鴇守の指が示した先にいる夜刀を、水かき鬼は見た。

今にも飛びかからんばかりの態勢で、怒り心頭の夜刀の様相にびくっとなったものの、それだけだった。夜刀のことは知らないようだ。

夜刀と自分のために、鴇守は繰り返した。

「これがいるから、ほかの使役鬼はいらない。必要ない。契約は絶対にしない。というか、お前の仲間たちは鬼使いも襲ってたじゃないか。なのに、なぜ俺とは契約しようとする？　矢背が憎いんじゃないのか？」

「おまえ、かあわいい、とぅくべつ！　あまあい、におぃい」

水かき鬼は低い鼻をくんくん鳴らして、恍惚《こうこつ》とした顔をした。

鴇守は可愛く、甘くていい匂いがするから特別だと言いたいようだ。作戦に釣られて出てきて夜刀に殺された鬼たちも、鴇守を害そうとはしていなかった。

鴇守が持つ特殊性――鬼たちを惹きつける力は、矢背に恨みを抱いている鬼たちにも有効に作用するとみていいだろう。

「矢背を襲う理由はなんだ。それに、お前たちはどこから来た？　人間界に潜んでいるのか、六道の辻から来るのか、どっちだ」

「ろおくどう、つぅじ、おおきい、あな」

「……その大きな穴は、最初から開いていたのか？　誰かが壊したのか？」

「ナナメ、こわぁした！　たくさん、こわぁした！　ナナメ、すごぉい！」

「ナナメ？　鬼の名前か？　どんな鬼なんだ？」

「つよおい、……こわぁい」

穏やかそうな性質の水かき鬼から見て、ナナメは強く怖い鬼らしい。少し、怯《おび》えた様子が見られた。世界を隔てる障壁を壊す力を持っているのだから、その強さも相当であろう。

たくさん壊したとは、穴はひとつではないのかもしれない。その穴をすべてふさがなければ、こちらで鬼を退治しても、いくらでもやってきてしまう。

どこに、どのくらいの穴があるのか、確認が必要だ。そして、再び穴を開けられることがないよう、ナナメという鬼を退治しなければならない。

ちらりと右恭を見ると、鴇守と同じ考えらしく頷いた。

六道の辻に行くときが、ついにやってきてしまった。

夜刀は眉間《みけん》に深い皺を寄せ、心底いやそうな顔をしているが、反対はしなかった。我慢してくれているのだ。

夜刀の忍耐力に応えるためにも、ここですべてが解決すればいいと思う。

「俺もその穴を見てみたい。ナナメにも会ってみたい。案内できるか。いや、案内しろ」

鬼相手に下手に出て、頼みはしない。鴇守は鬼使いとして命じた。

血の契約を交わさなくても、この鬼はすでに鴇守に落ちている。紅要《こうよう》のしろたえが鴇守の言うことを聞いたように、この鬼も命令に従わせることができるはずだ。

しかし、水かき鬼は首を横に振った。

「ああぶない、やぁせは、みなごろおし！　ナナメ、めいれい……」

鴇守の身を案じているらしい。未契約でも、命令にただ従うのではなく、主の安全に気を配ろうとするところは興味深かった。

「矢背は皆殺しにしろというのが、ナナメの命令か。なぜ、矢背を殺す？」

「しいらない」

命じたナナメに訊くしかなさそうだった。

「危険は承知している。俺の鬼と……仲間も一緒に行く。彼らはナナメより強い。そして俺は特別な鬼使いだ。俺を連れていけば、ナナメはお前を褒めてくれるだろう……たぶん」

そんな適当なことをつけ足して促せば、水かき鬼は単純に喜んで頷いた。

鴇守と水かき鬼を先頭に、夜刀と右恭が少し遅れて後ろを歩くことになった。

ところが、水かき鬼の姿はときどき陽炎《かげろう》のように揺らいで、消えてしまう。

鴇守が困って立ち止まると、水かき鬼が急いで駆け戻ってきた、という体で姿を現し、どうしてついてこないのか、という顔をする。

それが何度かつづき、痺《しび》れをきらしたのか、水かき鬼が鴇守の手を取った。

しっとり、それでいて生暖かい奇妙な感触に、鴇守の全身が総毛だった。

「調子乗ってんじゃねぇぞ、てめぇ！　ぶちこ……っ」

ぶち殺す、と言いたかったのだろうか、夜刀の怒号が途中で消えた。鴇守は振り返らなかったが、きっと面倒を避けるために、右恭がなんらかの方法で黙らせたに違いない。

血反吐《ちへど》を吐く思いをしている夜刀を想って鴇守も耐え、しばらくそのまま歩いているうちに、周囲の様子がおかしいことに気がついた。

水かき鬼を捕まえたのは、住宅街の公園の横にある林の入り口あたりだった。林も公園の一部なのか、人が二人並んで歩ける道があった。

しかし、十分も歩けば、公園の向こう側へ出られる程度の広さだ。向こう側は道路で、道路を渡れば、また住宅街が広がっている地域である。

それなのに、いくら歩いても道路に出ない。同じ場所をぐるぐるまわっている感じでもない。水かき鬼と手をつないでからでも、二十分は経っている。

――どうなってるんだろう。……あ、右恭さんの足音が聞こえる。よかった。

耳を澄ませて、鴇守はほっとした。

鬼の夜刀は足音を立てない。立てることもできるが、基本的には無音だ。こんなときには、少しはガサガサしてほしい。

明かりのない暗い道を、鬼に手を引かれて歩く。ふと見上げれば、作戦前には空にあった三日月が見えなくなっている。

頭上にあるのは空ではなかった。

いつの間にか、林ではないところを歩いていた。坂道を上ったり下ったりしている感覚があるが、それが正しいのかはわからない。

人間界と六道の辻は、ある一線を越えれば異世界に入っている、というものではなく、両方の世界に属さない曖昧《あいまい》な道が途中にあり、今はそこを歩いているのかもしれない。

正規《まさのり》も季和《きわ》も高景《たかかげ》も、鬼使いたちはみんな、自分の鬼を探しにこの道を歩いたのか。

六道の辻に到着したときのことが不安で、感傷的な気分にはなれなかった。

いざというときの護身用として、鬼が斬れる短刀を持たされている。

千代丸《ちよまる》という名のその短刀は、本来は使役鬼との契約儀式のときに使われるものだが、右恭が本家から借りてきて、貸してくれた。

三十センチほどもあって、ポケットには入れられず、布で包んでズボンのベルトに挟むしかなかったけれど、コートを着れば所持していることはわからない。

これを使って勇ましく戦う自分は想像できないが、武器があるのは心強かった。

「えっ」

上り坂だった道が、急に下り坂になって、鴇守は前につんのめった。

その瞬間、くらりと頭が揺れ、まわりの景色が歪《ゆが》んだ。むっとするような蒸し暑い空気がまとわりついてくる。

鼻を衝く臭《にお》いも、生臭くて不快だった。

「ろおくどうの、つぅじ！」

水かき鬼が鴇守の手を揺すって言った。

「……」

ついに、鴇守は六道の辻に入りこんだのだ。

ドアで開け閉めするとは思っていなかったが、もっと、入り口然としたものがあるのかと想像していたので、拍子抜けしてしまった。

先を行こうとする水かき鬼を引き止め、その場で夜刀と右恭が来るのを待つ。しかし、足音が聞こえる距離だったはずなのに、二人は来ない。

鴇守は周囲を見まわした。

六道の辻は、とてつもなく広い洞窟というイメージだった。剝きだしの土と岩が転がり、草木は生えていない。

ところどころに鬼火が飛んで、それが光源になっていた。

薄暗いので遠くまで見渡せないが、鬼の姿は見えなかった。殺風景で原始的、楽しいことなどなにもなさそうな世界である。

「むこう、ナナメ、いく」

水かき鬼は、鴇守とつないでいないほうの手を右前方に伸ばした。

夜刀と右恭を待つか、このまま進むか、鴇守は悩んだ。

もう十分はここで待っている。六道の辻を知り尽くした夜刀がいて迷うわけはないから、右恭が指示してわざと同行しないようにしているのだろう。

三人一塊で動いて、三人一緒にナナメたちに捕まったら、目も当てられない。

鴇守と夜刀はナナメ以下、矢背を狙う鬼たちの退治、右恭は開いた結界の穴の修復と、話し合わずとも担当が決まっている。

「よし、行こう。連れていけ」

鴇守は決めた。道連れはこの、水かき鬼だけだ。

手の感触は微妙だが、なんとなく仲間意識が鴇守にも芽生えてきて、鴇守は心のなかで勝手にこの鬼を「カッパ」と名づけた。

ほかの鬼に行き合うこともなく、ナナメのところにはすぐに到着した。

巨大な洞窟の内部に小さな洞窟が点在し、それぞれ鬼たちが暮らしているようだ。そのなかで、ナナメの君臨する洞窟は一際大きかった。

酒宴でも開いているとしか思えない鬼たちの陽気な笑い声が、洞窟の外まで響いてくる。

鴇守とカッパが入るタイミングを窺っていると、その笑い声がいっせいに消えた。

「鬼使いの匂いがするぞ。誰だ!」

早くも嗅《か》ぎつけられたらしい。低い声が飛んできて、一気に緊張感が高まる。

カッパは情けない悲鳴をあげて鴇守から離れ、岩の陰に隠れた。

取り残された鴇守は震える両脚を踏ん張り、ぞろぞろとやってきた鬼たちを見た。

先頭の鬼がナナメだと、すぐにわかった。

目が七つあったからだ。名に漢字を当てるなら、絶対に七目《ななめ》だ。左右に三つずつ縦に並び、額に大きいのがひとつ。

「鬼使いだな、俺にはわかる。憎い憎い矢背の鬼使い、なにをしに来た。ここにはお前が使役できる鬼などおらぬ。お前はここで死ぬ」

しかし、カッパよりよほど言葉は明瞭で、口調は滑らかである。

全身から噴きだすオーラの強さが、鴇守の肌をぴりぴりさせた。夜刀には及ばないけれど、カッパが怖がって逃げだしても仕方がない。

強烈な目力に怯《ひる》んで一歩後退ったものの、鴇守は堪えた。

七つのうち、どれと目を合わせればいいのだろうと思いながら順番に見ていると、挑発的な顔をしていた七目が不意にモジモジし始めた。

眉尻《まゆじり》を下げ、頰を染めつつ、ウォーミングアップでもするかのように、右手の拳を左手のひらに何度も叩きつけている。

――やった！　成功した！

鴇守の武器は千代丸ではなく、鬼を自ら跪かせるこの魅力のみである。

鬼の頭領が鴇守に下れば、鴇守の身は当面安全だ。ほかの鬼が騒ごうとも、七目が鴇守を守ってくれる。

目を見つめすぎないよう注意しながら、鴇守は言った。

「ナナメ、七目でいいのかな？　お前に訊きたいことがある」

七目は白い歯を見せて笑った。

よくよく観察してみれば、目の数が多いだけで鼻や唇、肌の色などは人間に近い。だからといって、親しみが湧いたりはしないが。

「なんでも答えよう、可愛い可愛い鬼使い。お前に名を呼ばれるのは心地よい。こちらに来て、俺の膝に乗れ」

数秒前には、憎い鬼使いと言っていたのに、呆れるほどの変わりようだ。それだけ鴇守の魅力が強いのか。

七目以外の鬼たちも、七目に釣られたのか、キュウとかクゥとか言って身体をくねらせ始めている。

「……俺の質問に答えろ。なぜ、矢背一族を狙う？」

「我らの王を奪った」

「王？」

「そうだ。昔、王がいたころ、六道の辻は我らのものだった。我らに逆らう鬼はいなかった。なのに、王は消えた。……西のやつらが、ここまで来るようになった。ここは我らの場所なのに。忌々《いまいま》しい。やつらは荒らして奪う、我らのものを。許せぬ。王さえいれば！」

七目は歯をぎりぎりと軋ませてから、さらに言った。

「王は鬼使いの使役鬼になったと聞いた。鬼使いがいなくなれば、王は六道の辻に戻る」

「だから、矢背の血族を襲うように命じたのか？　皆殺しにしろと？」

「……そうだ」

返事が遅れたのは、七目が鴇守にうっとりと見惚《みと》れていたからだ。触れてみたいのか、長い爪の生えた手をわきわきと動かしている。

目が七つという人間離れした異形なのに、指は五本あった。教えとは外れているが、矢背一族は鬼のすべてを知り尽くしているわけではない。

その鬼使いと使役鬼は誰のことだろうと鴇守は考えた。

使役鬼は当然五本指で、七目よりも強い鬼だ。思い浮かんだのは三体。

夜刀か、正規のあかつきか、紅要が最初に使役していたという隼鷹《じゅんよう》か。昔というのが、いつを指すのかで変わってくる。

いやな予感がしていた。

夜刀は群れたことはないと何度も言っていた。ほかの鬼に興味がなくても、鬼の王に祭り上げられていたら、気がつきそうなものだ。

訊きたくなかったけれど、訊かねばならなかった。

「お前たちの王とは、どの鬼だ？」

「……」

七目は答えなかった。鴇守を見つめ、鴇守の声を聞いて恍惚となっている。

「王は誰かと訊いてるんだ、答えろ」

「……王？　王は王だ。お前は可愛い。可愛い可愛い鬼使い。そうだ、俺はお前の鬼になる。それがいい。そうしよう」

ふと気づけば、七目の配下の鬼たちがじりじりと近づき、距離を縮めていた。七目と同じ考えなのは明白だった。

「……っ！」

鴇守は焦った。

これでは囲まれてしまう。断っても、無理やり血を飲まされそうな押しつけがましい勢いがある。

いったん、逃げるべきだろう。さりげなく、右足を後ろに引いたつもりだった。でこぼこの土の盛り上がりに踵《かかと》が躓《つまず》き、身体が後ろに倒れる。

鴇守も驚いたが、鬼たちも驚いた。

鴇守を助けようと、鬼たちが矢のように鴇守に向かって飛んでくる。

「オラーッ！　寄るな触るな近づくな、散《ま》れーっ！」

耳が割れんばかりの怒号を撒き散らし、旋風とともに場に乱入してきたのは、夜刀だった。

転ぶ寸前だった鴇守を支え、鬼たちに向かって気炎を吐いている。

「夜刀……！」

鴇守は安堵《あんど》で泣きそうになった。自分を抱き締める力強い腕の感触に、不安だった気持ちが落ち着いていくのを感じる。

「浮気したお仕置きはあとだ！　俺の目の前で手なんかつないで、血の涙が出たぜ！」

ぶつくさ言いつつ、夜刀は鴇守を片腕に抱いて鬼たちの中心地から逃げた。

三叉《さんさ》になった少し広い通路のところで、右恭が立っていた。

「ずいぶん引き連れてきましたね」

百鬼夜行《ひやっきやぎょう》のような光景を見た感想が、それだった。さすが、肝が据わっている。

鴇守を下ろして背後に庇い、夜刀は追ってきた鬼たちの盾になった。

「お前ら、黙って聞いてりゃ調子に乗りやがって！　契約なんざ、させてたまるか！」

「王！　王が戻った！　長らく待っていた、我らの王よ！」

七目が歓喜して叫んだ。

鬼たちがつづけて、雄叫びをあげる。地響きがするほどの騒ぎだ。

しかも、集まる鬼の数が続々と増えている。

「王だぁ？　俺はお前らなんか知らねぇよ！　誰だ、てめぇ」

「気がつかぬのも無理はない。矢背の血族を見つけるための目を増やしすぎた。王が戻れば、これらは必要ない」

七目は俯き、両手で顔を掻き毟《かむし》った。血が噴きだし、ボトッボトッと音を立てなにかが地面に落ちた。

眼球だった。

少ししてから顔を上げた七目の目は、二つになっていた。

血で汚れているが、傷跡などは残っていない。涼やかな目元をした、はっとするほど美しい男だった。

「あっ……」

思い当たる顔だったのか、夜刀が間抜けな声を出した。

「思い出したか、俺を」

「思い出したけど、俺は王じゃねぇぞ！　本当だ、信じてくれ鴇守。俺は群れてねぇし、こいつら鬼どもを守ってやった覚えもねぇ。名前だって知らねぇんだからよ！」

懸命に鴇守に訴える夜刀が、嘘を言っているとは思わなかった。

夜刀は群れていないつもりで、なんでも一人で好き勝手にやっていたのだろうが、そのあとを七目たちが徒党を組んでついてまわり、虎の威を借りていたに違いない。

夜刀を王と呼び始めても、夜刀自身は知らず、興味もなかったのだろう。

夜刀の無関心、無頓着さならありうる話だ。

しかし、鬼たちにとっての王は夜刀で、夜刀を奪った鬼使いは鴇守だった。

矢背一族が襲われたのも、祖父の足が食われたのも、鴇守のせいだったのだ。死んでしまった人もいるというのに。

夜刀と七目の無益な言い争いは、もう耳に入らなかった。

ぐらりと揺れた鴇守の腕を、右恭が摑んだ。

「しっかりしなさい。すべては鬼が悪いのであって、あなたのせいではない」

「右恭さん……」

鴇守はのろのろと顔を上げた。

「あなたとあの鬼の話は聞いていました。勝手に王を戴き、去ってしまった強い王を取り戻すために矢背一族を殺すなど、卑しい鬼の考えです。鬼の言い分など、まともに聞いて取り合う必要はない。思い出しなさい。矢背の教えを。鬼は人間を食らうもの。憎んで食い殺し、愛して食い殺す。わかり合えることなど、絶対にない」

わかるようになってしまったら、それはもう人間ではない。

右恭の言葉を、鴇守は嚙《か》み締めた。

「鬼たちの弱肉強食の掟は、あなたにはなんの関係もありません。あなたの鬼にも関係ないと言えばない。虎の威を借りられていることに気づかないのは非常に愚か、たとえようもない馬鹿で間抜けだと思いますが、あなたの鬼なら仕方ない。一人で生きていける強さを持ったものは、そういうものです」

「聞こえてんぞ、眼鏡！　俺の悪口か、この野郎！　鴇守ごめん、ごめんな！」

夜刀の声で、鴇守の瞳に力が戻った。

夜刀が六道の辻を出て、鴇守を選んだことが間違いだとは思わない。鴇守は夜刀の存在に救われた。

鬼使いに生まれなければよかったとは、鴇守自身何度も考えた。でも、そのように生まれついてしまったものを、変えることなどできない。

責任の所在を深く考えるのはあとでいい。

矢背を食らうと決めた鬼たちを、なんとかしなければ。人間を襲う鬼は退治するつもりだったが、集まってきた鬼の数は膨大だった。

「わらわら寄ってくんな、散れ！　鴇守を見るんじゃねぇ！　散りやがれ！」

夜刀は牙を剥いて威嚇し、大刀の柄を摑んでいる。

薙《な》ぎ払えば、大刀が届く範囲の鬼たちは塵になるが、そこから収集のつかない大混戦になると思われた。

夜刀もそれがわかっているから、柄を摑んだまま悩んでいる。鴇守を一番安全にここから逃す方法を、懸命に考えている。

鴇守は背筋を伸ばし、一歩前に出て夜刀と並んだ。

「おい、下がってろ！」

「下がらない。下がれない」

鴉守にしかできないことをやるのだ。

王の帰還と鬼使いの登場で沸《わ》いている鬼たちを見渡し、できるだけ多くの鬼と目を合わせる。

一体にかける時間は短めだ。

目が合った順番に鬼たちの表情が緩み、集団でモジモジし始めた。

自らの力をアピールするための破壊行動に出る前に、鴉守は決然と告げた。

「俺はお前たちの主にはならない。俺の鬼は、この夜刀だけと決めている。夜刀はお前たちの王ではない。よって、六道の辻に戻しはしない。今後、矢背一族を襲うことは許さない。俺と夜刀が許さない。西から来る鬼とやらに力で勝てないなら、七目、お前が知恵を絞れ。五本指ならできるはずだ」

「……」

七目は考えこむように、少し俯いた。

ここが七目の運命の分かれ目、というわけではない。

王を求め、矢背を殺せと命じる七目の思考は危険だ。それも、最初のころは血族の判別ができないまま、無関係の人間も殺した。

今ここで鴉守の言葉に納得しても、いつなんどき、なにをきっかけに同じ思考に至るか、誰にもわからない。

大勢の鬼たちに囲まれたこの場をできるだけ穏便に切り抜けることが最優先で、逃げきったあとで、七目をこっそり退治しろと鴇守は夜刀に命じるつもりだった。

納得してもしなくても、七目の行く末は変わらない。

七目は穏便なほうを選んでくれなかった。

「王も、西の鬼も、どうでもよくなった。俺はお前の使役鬼になりたい」

「……ぶち殺す！」

額にびきびきと青筋を立てて、夜刀が呟いた。

「おれも使役、されたい」

「われも契約、したい」

七目の近くの鬼がそう言った途端に、次々と雪崩《なだれ》のように使役嘆願の声があがり、誰がなにを言っているかわからなくなった。

「騒ぐな！　お前たちと契約はしない！　何度も言わせるな」

鴇守は声を張り上げた。

鬼たちが一瞬静まり返ったなかに、

「ざまあみやがれ」

夜刀の声がぽとんと落ちた。

巨岩が爆発したかと思うほどの鬼たちの怒号が、そこいら一面に響き渡った。

「お前はもう王ではない！　俺がお前に代わり、その可愛い可愛い鬼使いの使役鬼になる。俺は命令をよく聞く。目を増やせば、なんでも見える。お前と一緒にいたい」

夜刀に向けられていた七目の言葉は、次第に横に逸れて、最後は完全に鴇守だけに話しかけていた。

全体を見ると、七目の意見に賛同して拳を突き上げている鬼たちがほとんどのなかで、鴇守がそう言うなら仕方がないと諦めてしょんぼりしている鬼たちも少数いた。少数派は多勢に押されて、どんどん後ろのほうへ追いやられていった。

そして、どの鬼からともなく、ひとつの言葉が漏れだした。

「……食べたい。鬼使いを食べたい」

「可愛い。食ってひとつになりたい」

「ひとつにならないと耐えられない」

「食べたい、食べたい、食べたい！」

鬼たちのシュプレヒコールを浴びて、鴇守は凍りついた。

10

「おい眼鏡野郎、俺が鴇守《ときもり》を連れて逃げるから、お前がここで食い止めろ！　きりがねぇ！」

戦闘が開始されて数分後に、夜刀《やと》が叫んだ。

大刀《だいとう》を振りまわす夜刀は獅子奮迅《ししふんじん》の活躍を見せているが、鬼たちは夜刀を掻《か》いくぐり、がむしゃらに鴇守を目指して向かってくる。

鴇守の指の一本、肉の一欠片《かけら》でも奪って食べたいのだ。

「逆でしょう。私が鴇守さんを連れて逃げるので、鬼の相手は鬼がするのが妥当です」

右恭《うきょう》は呪を唱える合間に、早口で言った。

彼もまた、夜刀の反対側で鴇守を守るべく、奮闘していた。

素早く手印《しゅいん》を結び、呪を唱えると、鴇守に手を伸ばす鬼たちが見えない壁にぶつかったかのように跳ね飛ばされている。

また、朱色の墨で書かれた呪符を貼られた鬼は、突然発火し、燃えて散った。

大きめの鬼は夜刀が斬《き》り倒し、夜刀が防ぎきれない小鬼を右恭が仕留めていく。

「冗談じゃねぇぞ、眼鏡！　鴇守は俺と逃げる。鴇守だって、俺と逃げたいよな？」

鴇守は三人で逃げたかった。

鬼の足留めに誰かを置いて、自分は逃げるなんて卑怯《ひきょう》だ。

だが、ここに鴇守がいたら、むしろ邪魔なこともわかっていた。この場で応戦しつづけても、いずれ数に押し負ける。

鬼の狙いは鴇守である。二手に分かれれば、鬼は鴇守を追ってくる。夜刀と離れるのは不安だった。

しかし、夜刀には六道《ろくどう》の辻《つじ》の障壁に開けられた穴をふさぐことができない。

迷いは一瞬だった。

鴇守は腹を括《くく》り、凛《りん》として言った。

「夜刀、邪魔する鬼をここで退治しろ！　俺は右恭さんと行く。右恭さんに障壁を修復してもらう！　全部片づけたら、追いかけてこい！」

「えっ」

夜刀は驚愕《きょうがく》の声をあげ、大刀を大きく振り払った。

周囲の鬼たちが吹き飛んで、久しぶりに地面が見えた。鬼たちはまだ後ろにいるが、夜刀を恐れて、近づくことを躊躇《ためら》っている。

夜刀が鬼たちを警戒しながら、首だけで鴇守を振り返った。

夜刀には納得してもらわなければならない。鴇守と右恭を追おうとする鬼を、一体でも多く減らす砦《とりで》となって一人で戦ってもらわなければ。

鴇守は咄嗟《とっさ》に、夜刀の背中に抱きついた。両腕でぎゅっと抱き締めて、肩甲骨の出っ張りを歯で嚙《か》み、歯型をつけた。

「俺は夜刀の力を信じてる。俺の夜刀を信じてる！　頼りにしてるから……愛してるから、絶対に追いかけてこいよ！」

そう言って離れた鴇守の顎《あご》を摑《つか》み、夜刀は素早くキスをした。

「……任せとけ！　お前の歯型が消えないうちに行く」

「うん！」

鬼たちがまた近づいていた。大刀で追い払いながら、夜刀は右恭に向かって叫んだ。

「いいか眼鏡、鬼どもから鴇守を守れよ！　鴇守に指一本触れさせるな！　かすり傷でも負わせたら、俺が一万倍にして返す、お前にな！」

「努力しましょう。あと、これは浮気ではありません」

こんなときになにを言ってるんだろうこの人は、と目を剝《む》いた鴇守の手を、右恭が強く握って引っ張った。

「あーっ！　う、浮気だーっ！」

「行きますよ、走って！」

「……はいっ」

右恭に引かれる方向へ、鴇守は走った。

一度だけ振り返ると、怒号をあげて追いかけてこようとする鬼たちを、夜刀が大刀の一振りで鮮やかに片づけていた。鬼の群れにあっても、夜刀の身体《からだ》は光り輝いている。

鴇守の夜刀が負けるわけがないのだ。鴇守は安心して、足を前に動かした。

六道の辻は迷路のようだったが、右恭は迷うことなく走った。途中で道が分かれても、躊躇《ちゅうちょ》なく一本を選ぶ。

全力で走っていると、どこからか白い鳥が一羽飛んできた。

右恭はそれを見て、よし、と頷《うなず》き、話ができる程度にスピードを落とした。

「もう少しで壁です。あなたが七日《なぬか》と話をしている間に、本家に救援を呼んだのですが、到着したようです」

「ここへ来て、くれる……んですか。それとも、夜刀のほうへ……？」

鴇守はあがった息を整えながら、なんとかしゃべった。

「どちらにも来ません。救援といっても、鬼退治ではなく、障壁の穴をふさぐためのものです。たくさんあるので、私一人の手には負えない。ほかは救援部隊に任せ、私たちは一番大きな穴をふさぎます。時間がかかって危険ですが、すべてを修復するまで人間界には戻れません。いいですね」

「わ、わかってます……！　場所はすべて特定できたんですか？」

「あの鳥は私の式神です。こちらに来たときに式神たちを放って探らせました」

右恭の鳥形式神は、二人を先導するように前方を飛んでいた。

鴇守には越えたこともわからなかった障壁の、さらに穴まで探ることができるとは、さすが右恭の式神である。鴇守より、よほど役に立つ。

軽やかに飛ぶその白い鳥を、鴇守はどこかで見た覚えがあるように思ったが、思い出せなかった。

広い道の途中のなにもないところで、右恭は止まった。

「ここです。大きく破れているので修復します」

鴇守は目を細めたが、障壁らしきものはやはり見えなかった。ただ、先の見えない薄暗い空間がつづいているだけだ。

「俺には見えません」

「才能がないのだから、当たり前です」

そう言いながら、右恭はスーツの懐から四つの石を取りだし、地面に埋めこんでいく。この四つの石は右恭の式神で、結界の役目をすると聞いた。

作業の場を整えている間に、障壁の向こう側から、小走りに走ってくる人影が見えた。

「だ、誰か来ます！　鬼……？　いえ、人間かも」

「あれも私の式神です。修復には道具が必要なのでね」

狩衣《かりぎぬ》姿の男が無言で駆け寄ってきて、抱えていた大きな荷物を右恭に渡した。

右恭は荷物を解き、黙々と準備を始めた。

準備をしなければ、修復作業には入れないことを知り、鴇守は静かに戦慄《せんりつ》した。この様子では修復作業とて、数分で終わりはしないだろう。

今はまだ、鬼の姿はないが、いつやってくるかわからない。

ここはすでに、鬼の通り道なのだ。

右恭は灯火を用意して地面に置き、広い範囲に灰のようなものを撒《ま》き始めた。それは障壁を直径として半円を描き、右恭と鴇守、右恭が埋めた四つの石は内側に収まっている。

「私の作業の邪魔をされないために、二重の結界を張りました。これで鬼たちが来ても多少は持ちこたえてくれるでしょう」

「俺はなにをしたらいいですか？　できることがありますか？」

「なにもありません。あなたの鬼が、すべての鬼をあそこで斬ってくれていたらいいのですが、難しいでしょう。追ってくる鬼だけでなく、偶然ここを通りかかる鬼もいるだろうし、あなたを見れば、どの鬼も熱狂的なファンになること請け合いです」

「ファンを増やさずにすむ方法があれば……」

右恭は鼻を鳴らした。

「ありませんよ、そんなものは。たとえ二重の結界が破られても、修復が終わるまで私は助けてあげられないので、自分でなんとかしてください」

結界が破れるとき、それは右恭自身にも危険が及ぶときだ。修復に集中している右恭だって、自分の身は守れまい。

「……わかりました!」

任せてください、とまでは言えなかったものの、鴇守は大きく頷いた。

右恭は灯火のそばで結跏趺坐《けっかふざ》を組み、印を切り結んだ。

指の形が目まぐるしく変わる。やがて、呪を唱える低い声が聞こえてきた。

耳に心地よい声ではあるが、非常に重々しい。己の魂をすり減らして唱えている、そう感じられた。

修復師《しゅうふくし》——陰陽師《おんみょうじ》であるからこそ、なせる業《わざ》だ。定められた文句をただ口に出して言うだけでは、術は完成しない。

男性人形の式神は右恭の近くに控え、右恭を援護するかのように同じ呪を唱えている。

鴇守は腰に携えていた千代丸《ちよまる》を、鞘《さや》から抜いた。

千代丸の刃は鬼の身体を傷つけることができるが、鬼の傷はすぐに治ってしまう。今回はそれでは困るので、右恭が呪符を用いて、傷が治らない仕様にしてくれた。

刃には呪が焼きこまれたように、文様が刻まれている。

「……っ」

鴇守は息を止めた。

空気がざわめいていた。

とうとう鬼がやってきた。

「人間の匂いがする」

「二人いる。……鬼使いの匂いだ。鬼を探しに来たのか」

どうやら、七日の配下の鬼ではないらしい。

鴇守は千代丸を構えつつ、俯《うつむ》き加減になった。

先ほどの件から、目を合わせるのは危険だと学習していた。忠誠を誓うことを拒絶されると、食べるほうへ愛情が向かってしまう。

しかし、鴇守から発している魅惑のオーラは、六道の辻という異界では増幅されるのか、目を合わせずとも発動した。

二体の鬼は色めきたった。

「稀《まれ》に見る、美しい鬼使いではないか。俺が契約しよう。鬼使いよ、俺を選べ」

「いや、契約するのは俺だ。お前に俺の血を差しだそう」

鴇守は無言で、後退《あとずさ》った。

近づいてきた鬼たちは、灰で引かれた結界に入ってくることができなかった。何度か正面からぶつかって、透明の壁があることに気づき、拳を振り上げて殴り、足で蹴《け》り飛ばして破ろうとしてくる。

物理的、視覚的に区切られているわけではないから、鴇守はその迫力に震え上がった。

そのとき、シュッとなにかが鴇守の前を横切って、結界の外へ出た。

「狼《おおかみ》……と、猫！」

忽然《こつぜん》と現れたのは、銀色の狼と、黒猫だった。右恭の式神である。

それぞれが鬼に飛びかかり、鬼たちは地面に押し倒された。狼はともかく、黒猫などは鬼相手に戦うには、身体が小さい。

それでも、引き剝《は》がそうとする鬼の手をかわし、喉笛《のどぶえ》に深く咬《か》みついている。

鬼たちは抵抗したが敵《かな》わず、塵《ちり》になって消えた。

右恭の式神たちが、右恭と鴇守を鬼から守ってくれているのだ。

そこからは、怒濤《どとう》の勢いだった。

息をつく間もなく、鬼たちが次から次へと湧《わ》いてでてきたのである。

「鬼使いだ。何百年かぶりに見た。契約したい」

「鬼使いってなんだ？　いい匂いがする。食べたい」

鬼使いの存在を知っている鬼もいたし、知らない鬼もいた。どの鬼も鴇守に興味を抱き、近づこうとしては、式神たちに倒されていく。

式神も増えていた。

狐《きつね》と、新たな男性人形が出現し、四体となって応戦している。

埋めた石は四つだから、これ以上は増えない。

対して、鬼はどんどんこちらに向かってきた。

——どうしよう。俺も結界の外に出て戦うべきか？　でも、戦い方を知らない俺が出ても、足手まといになる。

忙《せわ》しなく考えながら、鴇守は右恭を見た。

結跏趺坐で印を結んだままの姿勢で、呪を唱えている。ひたすらに唱えつづけている。いつ終わるのか、見当がつかない。

右恭の額には玉の汗が浮いていた。

結界の外に目をやれば、黒猫がついに鬼に負けて消えていくところだった。

「ああっ！」

鴇守は思わず叫んだ。

残りは三体。どれも、壮絶な戦いぶりである。

男性人形などは、片腕がもげていた。痛みはなさそうだが、充分には戦えない。鬼三体がかりで押さえこまれ、鬼が離れたときには消えていた。

残り二体。

狼と狐が頑張っている。数の不利はいかんともしがたい。

結界の内側で見ているだけだった鴇守にも、危機が迫ろうとしていた。

鬼が地面の灰に気づき、拳を叩《たた》きつけて、地面を掘り始めたのである。

「やめろやめろやめろっ！　掘るな！」

今まで鬼を弾いてきた鉄壁の結界を、突きだされた鬼の腕が通り抜けた。完全に破れたわけではないが、裂け目が生じている。

鴇守は震え上がった。右恭の邪魔にならないよう、静かにしていたかったが、恐怖と焦りで叫ばずにはいられなかった。

「入ってくるな！　俺に触るな寄るな近づくな！　下がれ！　あっち行けってば！」

決死の命令も、鬼たちは聞いてくれない。

裂け目から伸びてきた鬼の手が、鴇守を摑もうとする。

「くそっ！」

鴇守もついに千代丸を振り上げ、鬼の腕に突き刺した。

ジュッと肉の焼ける音とともに、鬼がギャーッと猛禽《もうきん》類の断末魔のような叫び声をあげて逃げた。思わず目で追うと、少し離れたところで蹲《うずくま》り、血が噴きでている腕を押さえてヒイヒイ泣いている。

怯《おび》えた目を向けられ、たとえようもなく理不尽な気持ちになった鴇守である。

「俺のせいじゃないだろう！　お前たちが悪いんじゃないか！　俺を最初に襲ってきたのはお前たちだー！」

怒りで瞬間的に力が湧いて、鴇守は鬼たちの手をザクザクと千代丸で斬りつけた。

裂け目はどんどん広がっているようで、小型の鬼が頭を突っこんできたと思ったら、するっと内側に入ってきた。

「う、うわぁっ……！」


気づいた狐が飛んできて、咬み殺してくれた。

狐はすぐに外に戻って戦ったが、大きな鬼に摑まれて消えていった。

残る式神は狼だけだ。

裂け目は違う場所にも生じていた。鬼たちはそこに殺到し、押し合いへし合いしながら、裂け目を広げて侵入を試みている。

「……夜刀、夜刀！」

鴇守は夜刀を呼ばずにいられなかった。

だが、夜刀は来なかった。一人で戦っている夜刀も、厳しい状況なのだろう。鴇守が呼んでも来られないほどに。

同調の訓練が成功していれば、夜刀がどうしているか見ることができたのに、と鴇守は心底悔やんだ。

全長一メートルくらいの鬼が、二ヶ所からそれぞれ、ころりと内側に転がりこんできた。

「くそっ！」

走り寄ってくる鬼に、鴇守は千代丸を振り下ろし、返す手で横に薙《な》ぎ払った。血が噴きだし、鬼が塵になって消える。

生まれて初めて、鬼を退治してしまった。

「はぁっ、はぁっ」

肩で息をしていると、もう一体の鬼が右恭の頭を掴もうとしているのに気づいた。

「右恭さんに触るな！」

鴇守は鬼に飛びかかり、手当たり次第に刺した。

千代丸の刃はまるで豆腐でも切るように、鬼の身体を斬り裂いてくれる。あまり力を入れないですむのが、ありがたかった。

その代わり、鬼の血は勢いよく噴きだす。鴇守も千代丸も、血を浴びて真っ赤になった。

「くっ……！」

鴇守は呻《うめ》いた。

小型の鬼たちが、結界内に侵入してくるのを、止められない。

鬼たちは第一に鴇守を狙うが、一心不乱に呪を唱えつづけている右恭にも手を伸ばす。修復に集中している右恭は、戦うことができない。

穴をふさぐまでは、鴇守が右恭を守らねばならないのだ。

一体仕留めて、顔を上げたとき、鴇守は岩陰に隠れているカッパを見つけた。

カッパの近くには、七目のところで鴇守の言うことに従おうとしょんぼりしていた少数派の鬼たちの姿もある。

彼らなら鴇守の言うことを聞いてくれるかもしれない。

鴇守はカッパと目を合わせ、大声で叫んだ。

「お前たち、右恭さんと俺を守れ！　俺の命令を聞いたら、いいことがある！　……かもな」

卑怯な言い逃れだが、鬼には不確定の褒美を軽々しく約束してはいけない。この状況でも、鬼使いの基本を忘れない自分を鴇守は褒めた。

かもな、が小声すぎて聞こえなかったのか、カッパたちは奮起し、怖がって隠れていた岩陰から出てきて、自分たちよりも強い鬼に果敢に挑みかかった。

水かきがアピールポイントのカッパに、武器などない。ほかの鬼も似たようなものだ。

カッパは弾き飛ばされ、岩にぶつかって落ちた。

「……！」

呆気《あっけ》なさすぎて、鴇守は愕然《がくぜん》となった。

弱い鬼たちの抵抗はほんの少しの時間を稼いだが、それだけだった。

結界の外では、最後まで奮闘していた狼が力尽きていた。

内部に入りこんでいる鬼は三体。鴇守の退治が追いつかない。

呪を唱える二重の声が、右恭のみになった。

補佐していた人形式神が、鬼に倒されたのだ。一人でも大丈夫なのだろうかと思ったものの、鴇守にはどうすることもできない。

ただ、守るだけだ。

右恭と背中合わせの形で、鴇守は踏ん張っていたが、鴇守をすり抜けた鬼の爪が、右恭の頬《ほお》を掠《かす》った。赤い線がすっと走り、髪が幾筋かはらりと舞う。

鴇守の頭に血が上った。

「右恭さんを傷つけたな！　許さない！　お前たちの相手は俺だ。俺だけ見てろ、俺に来い、鬼どもめ！」

威勢よく啖呵《たんか》を切ったが、鴇守一人の力では限界に近かった。

鬼に肩を摑まれ、服の片袖を引きちぎられても、背中や脚に鬼の爪が食いこんでも、右恭は動かなかった。

たとえ、死に絶えても呪を唱えつづけ、修復にすべてを懸ける。その決意が、凄《すさ》まじい気迫となって全身から発していた。

「俺だって、できる！　右恭さんを守ってみせる……！」

鴇守はふらふらになりながら、千代丸を振るった。

千代丸は刃が短く、接近戦を強いられるうえ、一撃で致命傷を与えられない。一体仕留めるごとに、鴇守の身体にも傷が増えていく。

全身が鬼の血で汚れていたが、気持ち悪いと感じる心が麻痺していた。血が目に入るのを防ぐために、手の甲で拭《ぬぐ》う。

いつまでつづくのか、先が見えない。修復にはあと、どのくらいの時間がかかるのだろう。腕が鉛のように重かったが、動かすのをやめたら、鬼に捕まる。

鴇守も右恭も危機的状況である。呼んでも来ないというのは、夜刀も危ない。

まさに、八方塞がりだった。

足を引っ張っているのは、鴇守の戦力の低さだ。千代丸のような短刀ではなく、もっと大きな剣が扱えたら、状況は多少ましだったかもしれない。

武術や体術を、なにも学んでこなかった。鴇守は効率的に戦う方法を知らなすぎた。夜刀を頼って逃げてばかりで、力を求めようとしなかった代償を、ここで払わされている気がする。

悔しかった。強い自分でありたかった。

そして、夜刀のように戦いたい。

——夜刀、夜刀！

鴇守は夜刀を求めた。

灼熱《しゃくねつ》のような、揺るぎない夜刀の力を少しでいいから分けてほしかった。夜刀がいれば、鴇守は強くなれる。

鬼が怖くて泣いていたときも、級友たちに苛《いじ》められたときも、家族の期待に押しつぶされそうだったときも、夜刀だけが心の支えだった。

——夜刀、俺に力を貸してくれ、夜刀……！

鴇守は千代丸を振るう手を休めることなく、強く願った。

そのとき、鴇守の意識がふわぁっと浮いた。

鴇守はすかさず、カッと身を乗りだした。どこへでも行ける気がしたので、夜刀のもとへ飛ぼうとしたのだ。

その魂だけの身体を、誰かが摑んで引っ張った。

『鴇守！』

夜刀だった。

『……え、夜刀？』

鴇守は驚いて、目を瞬かせた。

今、鴇守の目は、夜刀の目だった。夜刀のなかに入って、夜刀が見ている光景を見ているらしい。

夜刀の戦い方は、嵐のように狂暴だ。

大刀で斬るというより、叩きつぶしている。鬼の死体は塵となって消えていくから、鬼の数は減っていくはずなのに、鴇守たちが逃げたときとそんなに変わっていない。

いったい、六道の辻にはどれほどの鬼が棲《す》んでいるのか。

『きりがねぇけど、お前のところに行ったら、こいつらも追ってくる。ここで止めたほうが、まだマシだ。お前のほうはどうだ……って駄目じゃねぇか！　危ねぇ！』

夜刀にも鴇守の肉体が置かれた状況が見えるのか、もどかしく叫んだ。

鴇守の思念は夜刀のなかに飛んできたものと、肉体に残っているものとで、二つに分かれているようだった。

主な意識は夜刀のほうに来ているが、鴇守の身体はちゃんと動いて戦いつづけている。

『眼鏡野郎はなにやってんだ！』

『壁を修復してる。俺にもお前にもできないことだ。右恭さんだけは守らないと！』

鴇守の身体が右恭を庇《かば》い、鬼の爪が鴇守の腕を掠めた。

『あーっ！　あのクソ鬼、絶対殺す！　このままじゃ、やばい。絶対にやばい。お前がもたない。眼鏡野郎が張った結界が限界だ！』

『わかってる』

岩をぶつけて裂け目を広げようとする鬼や、地面を掘ってなかに入ろうと試みている鬼もいる。結界はあと数分ももたないだろう。

『鴇守。できるかどうかわかんねぇけど、やってみよう』

夜刀が言った。

『なにを？』

『今度は俺がお前のなかに入る。で、俺のこの刀をそっちに送るから、これを使え』

『……え？』

『時間がないから、とにかくやるぞ！』

夜刀に引っ張られて、鴇守は瞬時に自分の身体に戻った。その両手には夜刀の大刀が握られている。

鴇守の身長よりも長く、大きな刀である。

それを、鴇守は軽々と振りかぶった。

「うわぁ！」

思わず悲鳴をあげた鴇守の頭のなかで、夜刀がしゃべった。

『大丈夫だ、俺が動かしてる。鬼がアレされる瞬間のグロい光景をお前に見せちまうし、感触なんかも残っちまうと思うけど、我慢してくれ。お前がこれ以上傷を負うのが、俺には耐えられない。あとで俺が念入りに慰めてやるから』

「う、うん！」

鴇守が頷いた瞬間、結界が壊された。

ギャア！　と勝鬨《かちどき》のような声をあげて鬼たちがなだれこんでくる。恐ろしいほどの勢い、熱気、そして生臭さ。

『行くぞ、鴇守！』

鴇守は夜刀の動きに身を委《ゆだ》ねた。

大刀を重いとは感じなかったが、千代丸とは違い、鬼を斬った感触はリアルに手に伝わった。血しぶきを浴びながら、次の鬼に狙いを定める。

『そらっ！』

「えいっ！」

夜刀のかけ声に合わせて、鴇守も声が出た。

夜刀は天才的に位置取りがうまく、五体をまとめて一度に斬り倒した。

身体を乗っ取られているという感覚はない。夜刀の意思は鴇守の意思で、動きには無駄もよどみもなかった。

「夜刀、右恭さんを守るのが一番重要だから、そのつもりで戦って！」

『鴇守が一番だ！』

曲げない主張を押しだしつつも、夜刀はちゃんと、そのように戦ってくれている。

夜刀との共闘は、わくわくするほど楽しかった。鴇守がもたもたと一体ずつ退治していた鬼が、刀の一閃《いっせん》で一掃されるのだ。

自分が強くなったと、勘違いしそうだ。

余計なことはなにも考えず、鴇守は鬼を倒すことだけに集中した。

幸いにも、こちらの鬼の数は増えることなく、減っていった。

最後の二体を同時に斬り伏せると、残ったのは鴇守の味方をしてくれた鬼たちのみとなった。無傷の鬼はいない。

血だらけになっているカッパが嬉《うれ》しそうに鴇守を見て笑うので、鴇守は泣きそうになった。生きていてよかった。

『お前は魔性か、鴇守！　なんでもかんでも魅了しやがって！　しかもカッパってなんだ。名前までつけて、お前……！』

夜刀が頭のなかで怒っていた。

わなわな震えて言葉がつづかないらしく、お前、と言ったきり絶句している。

「俺が勝手に呼んでるだけだよ。名前を与えたわけじゃない」

思念同士、頭のなかでもしゃべれるが、己の肉体があれば、口を使ってしまうようだ。鴇守は声に出してそう言っていた。

『当たり前だっ！　俺は向こうに戻るけど、すぐに片づけてこっちに来るから！　お前の歯型はまだ消えてないと思う。あっ、やべっ、マジで戻らねぇと！　いいか鴇守、浮気は絶対に駄目だからなー！』

長々と尾を引く余韻を残し、夜刀が鴇守のなかから抜けていった。

「……っと！」

途端に大刀の重みに負けてふらつき、鴇守は慌ててバランスを取った。夜刀は武器を持たずに戻ったのだ。

武器があるとないとでは、大違いである。

夜刀がどうやって戦っているのか気になって、鴇守は深呼吸し、再び同調を試みた。わけがわからないうちに成功していたが、あれは初めての同調だった。

ふわっとなるから、カッと行く、の意味がやっとわかった。たしかに、ふわっとなって、カッと行ったら、行けた。

もっとほかにいい説明がないものかと、鬼使いたちの表現力に疑問を抱いていたけれど、そうとしか言いようがない感覚だった。

「……あれ、できない？」

鴇守は首を傾《かし》げた。

コツを摑めば簡単よ、と言ったのは季和《きわ》だったか。一度成功したくらいでは、コツは摑めないのか。コツとはいったい、なにを指すのか。

夜刀の大刀に縋《すが》りつくみたいにして、鴇守は意識をふわぁっとさせようとしたが、ならない。身体のほうが浮いて爪先立ちになっていた。

修行中にもありがちだった失敗が、ここへきても健在だったことにがっかりしつつ、踵を下ろして、再度チャレンジしてみる。

一度はできたのだから、できるはずだ。できないとおかしいではないか。

絶対にできる。

「……できない！」

奇《く》しくも、かつて小型化するのに苦労した夜刀と同じ台詞を吐き、鴞守は唇を噛んだ。

今は、最初のときほど切羽詰《せっぱつ》まっていないから駄目なのかもしれない。生命の危機に瀕《ひん》した際の必死さが同調を可能にしたのなら、さっきの成功はまぐれみたいなものだ。

まぐれでも嬉しいけれど、求めているのは百発百中の精度である。あの快感にも似た、意識と肉体の共有を、意志の力で成し遂げなければならない。

ずっとつづいていた右恭の呪文が止まった。

「……！」

鴞守は右恭を見た。

右恭は結んでいた印を解き、ふらつきながら立ち上がった。精神力のすべてを修復に懸け、げっそりと疲れ果てているように見える。

鬼にも襲われていたので、服もぼろぼろだ。

鋭い目で壁があるらしき空間を検分し、納得がいくものだったのか、軽く頷いて鴞守を振り返った右恭の顔は満足そうな笑みを刻んでいた。

「完了です。……どうにかなったようですね」

「はい。初めて夜刀と同調できたんです。同調以上のことも、できたと思います」

鴇守は頷いた。再挑戦がうまくいかなかったことを白状するのは、まだ早い。

「修復作業の最中でも、私の意識は開いています。目で見てはいませんが、だいたいのことはわかっていますよ」

これは、再挑戦の失敗も見抜かれているなと思ったけれど、失敗していましたね、と言われるまで自己申告はしない方針に決めた。

「そ、そうでしたか……。右恭さんの式神にもたくさん守ってもらいました。でも、みんな消えてしまって……すみません。俺が弱いから式神が犠牲になって、右恭さんにも傷を」

「式神はまた作ります。この程度の傷は怪我《けが》のうちにも入りませんよ」

右恭は地面に埋めていた四つの石を回収しながら言った。

頭上で、伝言を携えた白い鳥が舞っていた。

「修復作業はすべて、うまくいったようです。我々も引き上げましょう。また鬼が寄ってくる前に」

「でも、夜刀がまだ来てません。あっちの鬼の数は全然減っていなくて、夜刀はこの刀を俺に貸してくれたから、丸腰なんです」

あんなに頑張っている夜刀を置いてなんか行けない、という気持ちだったが、右恭は呆《あき》れたように肩を竦《すく》めた。

「必要なら取りに来るでしょうし、素手でも負けることはないでしょう。あなたの鬼はあなたが呼べば、一瞬で現れる。人間界でも六道の辻でも。契約済の使役鬼ですからね。こんな危険な場所で呑気《のんき》に待っていなくても、安全な場所に逃げてから呼べばいいんです」

右恭の言うとおりだった。

先ほどまでは足留めの意味で、夜刀はあそこを離れられなかったが、鴇守たちが逃げてしまえば、とどまる必要はない。夜刀ももう、鬼たちを残して逃げたっていいのだ。

同調したときには、七目をはじめ、鴇守を食べようとした鬼たちは、全員退治されたあとだったように思う。あれだけの時間があって、夜刀が取り逃がすはずもなかった。

「六道の辻から出たら、呼んでみます」

右恭のあとにつづいて、鴇守は大刀を引きずりながら足を踏みだした。

血で汚れた千代丸は、地面に落ちていたのを右恭が拾ってくれた。

壁がどこにあるのかはやっぱりわからなかったが、ある一線を越えたとき、入ってきたとき同様、頭がくらりと揺れた。

空気の匂いが変わったので、六道の辻から出たのだとわかった。

「まって！　いっしょ、いく」

カッパの声が聞こえた。

短い足で鴇守を追いかけてきて、六道の辻の障壁に阻まれた。

穴をふさいでしまったから、もう通れないのだ。

ゴンと音を立てて壁にぶつかった額を押さえ、悲哀の表情を浮かべられると、鴇守の胸が締めつけられた。

あんなに気持ち悪かったのに、なんだか可愛《かわい》いとさえ思えてくる。

鴇守はカッパに向かって微笑《ほほえ》んだ。

「ありがとう。俺たちを助けようとしてくれて。……お前の水かき、綺麗《きれい》だよ」

最後はお世辞だった。彼が自慢に思うところを褒めてやりたかったのだ。

カッパの顔が、歓喜で蕩《とろ》けた。濃い緑色の肌なのに、赤面しているのがわかる。

「この浮気ものがー！」

鴇守の頭上で雷が落ち、カッパが驚いて飛んで逃げた。

鴇守は勢いよく振り返り、弾みで大刀の柄を離してしまった。

倒れかかったそれを軽々と摑んだ夜刀が、すぐそばに立っていた。

「夜刀！」

考える間もなく、鴇守は夜刀に飛びついた。

さっきまで同調していて、実際にはそんなに長い間離れてはいないのだろうが、夜刀が恋しくて、愛しくてたまらなかった。

「よしよし、もう大丈夫だぞ。よく頑張ったな」

夜刀も鴇守を受け止めて、隙間もないほど抱き締め合った。

「向こうは片づいたのか？」

「おう。鴇守と同調できたのが嬉しくて、張りきっちまった。綺麗に片づけて、慌てて飛んで戻ったのに、お前は俺との約束を破ってあの水かき野郎と浮気を……！」

ぷんすか怒った顔で恨み言を繰りだし始めた夜刀を、鴇守は慌ててなだめた。

「助けてもらったお礼だよ。もう会うこともないだろうし。夜刀もありがとう、あんな大勢の鬼を相手に頑張ってくれて。同調が成功したのも、お前のおかげだと思う。お前がいなかったら、どうなってたかわからない。本当にありがとう」

重ねて礼を言えば、怒っていた顔が和らぎ、申し訳なさそうに眉尻《まゆじり》が下がった。

「俺も勘が鈍ったのか、思いのほか手間取った。歯型、消えちまったか？」

鴇守は夜刀の背中を覗《のぞ》きこんだ。背中は傷だらけで、歯型の有無など確認できない。

涙が出てきそうになって、鴇守は鼻を啜《すす》り、歯型をつけたと思《おぼ》しきあたりを手で優しく撫《な》でた。

「……残ってる。まだ残ってるよ」

「へへっ、そっか。でも、遅くなってごめんな。お前にこんな怪我までさせちまったし。痛くねぇか？」

「痛くないよ。俺よりお前のほうがひどいじゃないか」

鴇守は満身創痍《そうい》の夜刀の身体を、痛ましく見つめた。背中だけではなく、あちこち齧《かじ》られてへこんでいるし、血まみれだし、左手の指が変な方向に曲がっている。

時間が経てば治るのはわかっていたけれど、時間に任せるのは可哀想《かわいそう》だった。

「俺の血を飲めよ、夜刀。そしたら、すぐに治るだろ？」

「いいのか？」

「いいよ」

鴇守が曝《さら》した首筋に夜刀が口を寄せてきて、とても優しく噛んだ。血を吸い、牙がつけた傷跡を舐《な》めてふさぐ。

夜刀の身体が光り、目を閉じて、開けたときには傷ひとつない逞《たくま》しい身体がそこにあった。

「ああ、夜刀……！」

「鴇守」

感極まって再び抱き合おうとした二人を、右恭の平淡な声が止めた。

「とりあえず、足を動かして。前に進んでください」

右恭がいたことを思い出し、鴇守は顔を赤く染めながら、ぎくしゃくと歩いた。夜刀の手がそっと鴇守の手を握ってきたので、無言で握り返す。

行きには長く感じた道は、夜刀と歩くとあっという間だった。

マンションまでは右恭が車で送ってくれた。

「お疲れさまでした。報告は私がしますので、今日はゆっくり休んでください」

そう言って、右恭は帰っていった。

11

マンション内は静まり返り、エレベーターが動く音が大きく響いた。足音を立てないように廊下を歩き、ドアの開け閉めにも気を遣って、鴇守は部屋に入った。

カッパを捕まえ、六道の辻へと出向いたのは、真夜中だった。六道の辻まで歩き、死ぬ思いで大勢の鬼たちを相手に戦い、障壁の穴を修復して、また歩いて人間界に戻ってきた。

もう夜は明けているだろうと思っていたのに、なんと一時間しか経っていなかった。

六道の辻の時間の流れは定まっておらず、今日のように体感より短いときもあれば、ほんの五分ほど滞在しただけなのに、戻れば三日経っていることもあると、夜空の下に出て驚く鴇守に、右恭が説明してくれた。

鬼使いが六道の辻へ行くときは、事前に報告の義務があるとも言っていた。

行かずにすむなら一生行きたくない、というのが、初めての六道の辻を体験した鴇守の感想である。

「六道の辻には金輪際《こんりんざい》、俺が行かせねぇ」

　夜刀も断固として言いきった。

「あれほど浮気すんなって言っておいたのに、お前ときたら、ヘタレ水かきと手をつなぐわ、眼鏡野郎と手をつなぐわ、水かきを褒めるわ、本当にもう、なんなんだよ、俺を嫉妬《しっと》させて殺す気か！」

　思い出したのか、夜刀はしつこく文句を言っている。

　すべては不可抗力なのだが、仕方ないじゃないかと開きなおっては、夜刀が可哀想だった。鴇守だって、自分の目の前で、夜刀がほかの鬼使いと手をつないで仲よく歩いたり、ほかの鬼使いを綺麗だとか可愛いとか言って褒めたりしたら、嫉妬の炎を燃やすだろう。

　夜刀はよく耐えてくれた。

　文句は多いし、愚痴っぽいけれど、最終的には鴇守の意思を尊重し、鴇守が望むように動いてくれる。

　今まで、失《う》せもの捜しなど細々した仕事をやってきたが、鴇守は今日、初めて夜刀を使役した、という気持ちになっていた。

　同調したときのことを思い出すと、武者震いが起きる。

　精神体とでも言うのだろうか、鴇守の思念は夜刀の肉体に入り、夜刀が見ている光景が見えた。そして、次は夜刀が鴇守に入って、鴇守の身体を動かした。

不思議な感覚だった。

大刀を振りまわして鬼を叩き斬ったあの力は、鴇守のどこから出てきたのだろう。もちろん、夜刀の力にほかならないのだが、二人はあまりにもひとつになっていた。

区別がつかないほどに同調して、夜刀が去っていったあとは、身体の中身の半分がぽっかり抜けてしまった気がした。

鴇守と夜刀はひとつでなければならないものだ。

そんなふうに感じた。

二つに分かたれていることが、もどかしい。

夜刀もきっと、同じように感じているはずだ。

だって、二人はひとつなのだから。

鴇守は辛抱たまらなくなって、小言が止まらなくなっている夜刀に飛びついた。

「……で、お前は存在自体が奇跡の超絶可愛い鬼使いなんだから、浮気には気をつけてもらわねぇと、うおっ！」

夜刀は驚きつつ、鴇守を受け止めた。

「ああ、夜刀」

「なんだ、どうした」

「夜刀」

「おう」

「好きだ」

夜刀が息を呑《の》んだ。

小言の最中に愛を訴えられるとは思わなかったのだろう。

「好きなんだ、夜刀。お前が」

鴇守は繰り返した。自分でも不思議なくらいに、夜刀に対する情愛がどんどん盛り上がっていって止まらない。

「お、俺もだ鴇守！　好きだ！」

「知ってる。……したい。今すぐ、夜刀に抱かれたい」

「俺だって、抱きてぇよ」

低い声で応じた夜刀が身を屈《かが》め、鴇守に口づけてきた。

鴇守は受け止める前から唇を開き、舌を覗かせて夜刀を誘った。

夜刀の舌が潜りこんできて、鴇守の口腔《こうこう》を掻きまわした。舌同士を擦《こす》り合わせ、溢《あふ》れる唾液《だえき》を飲みこむ。

舌の根元を舌先でくすぐられると、背筋から腰のあたりがぞくぞくした。夜刀が与えてくれる愉悦を思い出し、身体が昂《たかぶ》っていく。

「ん……っ」

深いキスに息苦しくなり、空気を吸いこんだとき、生臭いような不快な臭《にお》いがした。鴇守の血を飲んだ夜刀は生まれたてみたいにぴかぴか、となれば、原因は鴇守だ。

鴇守は眉をひそめ、強引に唇を解いた。

「待って。俺、暴れたし、鬼の血を浴びてどろどろだ。先にシャワーで流したい」

「なら、俺が洗ってやる。待ちぼうけ食らわせたら、暴れるぞ」

「……」

束の間、ぽうっとしてしまったのは、夜刀が自分のなかに入ってきて大暴れするところを想像したからだ。

期待で腰が捩《よじ》れ、尻の孔《あな》が刺激を欲しがって疼《うず》いた。

お預けを食わされているのは俺のほうだ、と思いつつ、鴇守は返事をする余裕もなく、服を脱ぎ捨てながらバスルームへ歩いていった。

最後にズボンと下着を脱いでいると、先まわりした夜刀がシャワーの湯を出して、寒々しいバスルームを少しでも温めようとしてくれていた。本人は暑いも寒いも関係ないのに、細々したところに気のつく鬼だ。

「ありがとう。頭の上からかけて」

髪を濡らして汚れを流し、顔を洗い、水滴を手で拭う。それだけでも、ずいぶんすっきりした気がした。

湯で温まると、鬼に傷つけられたところがずきずきと痛んできた。手の甲などは少し深く抉《えぐ》れていたが、今は手当てよりも先にしたいことがある。

「今度は俺が治してやる」

夜刀が鴇守の手を取って、傷口を舐め始めた。

じんわりと麻酔が効いていくみたいに、痛みが薄れていく。何度か舌が往復すると、傷は綺麗に消えていた。

顔や首など、ほかのところも夜刀は丁寧に舐めてくれた。

ありがたいのだが、鴇守にとってはとんだ焦《じ》らしプレイだった。夜刀に優しく舐められたら、鴇守は感じて、興奮してしまうのである。

荒ぶる呼吸を必死で抑える鴇守に気づかないのか、夜刀は呑気にボディシャンプーを手に取っていた。

「待て」

鴇守の肩から洗おうとする夜刀を、鴇守は止めた。

普通のバスタイムみたいに全身をのんびり洗われたら、鴇守は大変なことになる。そんなの絶対に待ちきれない。耐えられない。

「どうした？」

鴇守は泡だらけの夜刀の両手を取り、そっと下のほうへ導いた。

「……っ、使うところだけ、洗って」

かぁっと首筋が熱くなる。俯いていたが、夜刀の視線が突き刺さっているのがわかった。

即物的なことを言ってしまった。性器と尻の孔だけ洗ってくれだなんて、自分でも正気だとは思えない。

恥ずかしい。恥ずかしさが快感を煽《あお》り、鴇守の陰茎はどんどん硬くなっていく。

半ば以上勃起《ぼっき》したそれを、夜刀の泡だらけの手が握りこんだ。

「んんっ」

「使うとこって、全部使うじゃねぇか」

夜刀はそう言って笑ったが、声は低く掠れていた。

鴇守の昂りようがいつもより激しいとわかったのだろう。性器を扱《しご》く手が、最初から本格的だった。

「あっ、あっ……」

横も裏も敏感な先端も、夜刀が綺麗に洗ってくれる。

性器が完全に勃起すると、鴇守はバスタブの縁を両手で摑まされ、尻を夜刀に突きだす格好を取らされた。

前屈みの体勢は、仰向けで足を開くよりも羞恥を煽る。挿入される瞬間のことを想像して、期待してしまう。

「可愛い尻だ。色も形も最高。俺だけのものだ」

夜刀は両手で尻朶《しりたぶ》を揉《も》み、狭間に指を滑らせ、交合に使用する窄《すぼ》まりを優しく擦った。

「あぁ……っ！」

びくっと背中をわななかせ、鴇守は尻を左右に揺すった。

早くも、達しそうになっていた。まだ洗っている最中なのに、身体がのぼりつめたがって、陰茎がずきずきする。

「んっ、くっ」

鴇守は唇を噛み、射精衝動を逃がそうとした。さすがに早すぎると思ったのだ。

「今日はすごく感じてるな。いつも感じやすいけど、今日はとくに」

ひとつひとつ皺《しわ》を伸ばすように撫で擦られ、緩んできた孔に指が差し入れられる。泡でぬるぬるしているせいで、するりと抵抗なく入った。

「やっ！　んん……っ」

「すげぇ熱い。お前のなか、もう動いて、絡んできてる」

「い、言うな……、だめっ、指、動かしたら……あ、あぁっ！」

堪えきれずに、鴇守は絶頂に達した。

膨れ上がった陰茎がビクンビクンと脈打ち、先端から精液を撒き散らす。達している間、夜刀の指は尻に入ったままだった。

肉襞《にくひだ》のうねりに合わせて、優しく掻きまわしている。

射精が終わると、膝《ひざ》が崩れて床に座りこんだ。夜刀の指もとどまりきれずに抜けていく。

鴇守はバスタブの縁に両腕をかけて縋りつき、荒い息を整えた。呆気なさすぎて、肉体の疼きがいっそうひどくなったように感じる。

絶頂が軽いのだ。

もっと重いのが欲しかった。たとえば、夜刀の肉棒で思いきり突き上げられて得られるようなやつだ。

夜刀は黙々とシャワーの湯をかけて、泡を洗い流している。

ちらっと振り返ってみたら、眉根を寄せ、唇を引き結んでいた。怒っているのではなく、鴇守の痴態《ちたい》に夢中になっているのである。

「鴇守、ちょっと尻上げろ」

「ん」

泡が流せないのかと思い、鴇守は力の入らない膝を床につき、少しだけ腰を浮かせた。

そこを夜刀がすかさず引き上げて、また尻を突きだす体勢になった。割れ目が開かれ、押し当てられたのは、ぬるぬるした夜刀の舌だった。

「え……やっ、あーっ」

完全に不意を衝《つ》かれ、鴇守は目を見開いて大きな声を出した。

夜刀が後孔を舐めまわし、肉輪に舌先をくぐらせ、なかに潜りこんでくるのを、止めるすべもなく受け入れる。

夜刀の舌は、絶頂後の肉襞がどんな動きをしているのか確かめていた。緩く蠕動《ぜんどう》し、なかに入ったものを奥へと誘う、卑猥《ひわい》な動きを。

一通り確認すると、夜刀は根元まで入れた舌をぐるりとまわし、出したり入れたりし始めた。舌だけではなく顔も動くから、鼻が当たる。

「あっ、あっ、やめ、そんな……や、と……っ」

制止を呼びかけたが、舌を使っている夜刀からの返事はない。

勃《た》ち上がった陰茎が、ぷるんと揺れた。いつ再勃起したのか、そもそも射精で萎《な》えていたのかどうかもわからない。

夜刀に抱かれるようになって、鵠守の性欲は旺盛になった。毎日セックスしても、倦《う》んだ感じがしないのだ。

しかし、ここのところは淡泊な交わりか、性交をしない日も多かった。祖父が鬼に襲われ、家族に罵《ののし》られ、右恭と協力して鬼を捕まえないといけないときに、そういう気分にはなれなかった。

今日は違う。考えなければならないこと、鵠守が決断しなければならないことはあるけれど、今は忘れて、この行為にのめりこみたい。

夜刀が唾液を啜る淫猥《いんわい》な音が、尻から聞こえている。舐められるのも恥ずかしいが、啜り上げられると、もっと恥ずかしい。

尻なんて、吸っていいところではないのに、夜刀は美味《うま》そうにしゃぶり尽くす。

「あ……あ、や……だ、んん……っ」

鴇守は腰を引いて、夜刀の舌から遠ざかろうとした。

押し寄せる快感から少しだけ逃げて休みたいだけの、ほとんど無意識の行為だったが、夜刀は許してくれなかった。

容赦なく引き戻され、舌を根元まで捻《ね》じこまれた。

「あー……っ！　やっ、やっ……」

堪《こら》える間もなく、精液が迸《ほとばし》った。二度目とは思えない勢いと量である。

放出が終わる前に、夜刀の舌は出ていき、鴇守は床に崩れ落ちた。シャワーは壁に当たるようにフックにかけられていて、温かい湯が流れてくるので冷たくはなかった。

ずぶ濡れの鴇守の尻を撫でながら、夜刀が掠れた声で訊《き》いた。

「ベッドへ行くか？」

鴇守は一度だけ首を横に揺らした。

求めているのは重くて、声も出ないほどの深い絶頂だった。さっきの二回は、おやつを摘《つま》んだようなものだ。

満足にはほど遠い。

「……このまま、して。入れて」

「後ろから？」

「……ん。後ろから……可愛がって」

「俺がいくまで、動いていいか？」

鴇守の絶頂を考慮しないということだ。夜刀と一緒にいくまで、鴇守が我慢できるとは思えない。

何度達することになるのだろう。終わらない絶頂の、その先が見られるのだ。

「夜刀の好きにして」

「苦しかったら言えよ」

鴇守は四つん這《ば》いの体勢を取らされた。

充血して腫れぼったくなった窄まりを、肉棒の先端がぬるぬると擦った。早く入れてほしくて、尻を夜刀のほうへ押しつける。

ぐぐっと圧力がかかり、夜刀がなかに入ってきた。

やっとだ。

「あぁ……あ、ふ……っ」

満たされていく。鴇守の内部が、夜刀でいっぱいに埋め尽くされる。

猛《たけ》った夜刀自身を目の当たりにすると、こんなに大きなものをいつも自分の尻に入れているのか、よく入るな、などと思うのだが、交わりで痛みを感じたことはなかった。

狭い道を押し広げられる圧迫感はあっても、鴇守の肉襞はすぐに馴染《なじ》んで、隅々まで擦ってくれる肉棒の大きさ、逞しさにうっとりしてしまう。

「熱くて柔らかい。よく熟れてる」

夜刀が鴇守を褒めてくれた。

「気持ち、いい……？」

「最高だ。ずっと居座って、出ていきたくねぇよ」

「あぁう……！」

ずん、と強く突き上げられて、鴇守は喘《あえ》いだ。

「お前のなか、いやらしい動きになってる」

「んん……っ、はぁ……う」

「ねっとりうねって、俺に絡みついてくる。いや、吸いついてきてんのか。美味そうに咥《くわ》えこんでるぞ」

「あん……、やぁ……っ」

そんなふうに状態を知らせるのはやめてほしかった。自分の身体のことだから、言われなくてもわかっているのに。

肉襞の動きは止めようとしても、止まらない。硬い肉棒が与えてくれる摩擦の強さを期待し、感覚を研ぎ澄ませて待ち侘《わ》びている。

夜刀は緩やかに、抜き差しを始めた。ゆっくり抜いて、ゆっくり入れる。

媚肉《びにく》の感触、反応を味わい、次第に動きを速めていく。

「はっ、うっ、う、ん……っ」

何度も突き上げられると、床についた手が滑り、鴇守は倒れこむようにして上体を伏せた。

ワンルームマンションにしてはバスルームも広めなほうだが、二メートル近い大男と余裕でセックスができるほどではない。

突かれる勢いで鴇守が前に押しだされるたびに、手や頭が壁にぶつかる。けれど尻が気持ちよくて、気にならなかった。

夜刀もときどき鴇守の腰を摑んで後ろに引き、スペースを作ってくれようとしている。

ベッドへ行ったら、こんな窮屈な思いはせずにすんだのだが、ベッドまで行く余裕がなかったのだから仕方がない。

狭い場所でする、不自由なセックスもよかった。身体に余分な力が入って、予期せぬ愉悦に襲われる。

「あっ、あぁっ……いく、いっ……ちゃう……っ」

はじめに宣言したように、夜刀は頓着しなかった。

絶頂を堪えようとぎゅうぎゅう締めつける肉輪のきつさを楽しむように、角度を変えて腰を動かしている。

「……やっ、ひ……っ！　……っ」

いいところを擦り上げられて、鴇守は息を詰めた。

大きな波が押し寄せ、閉じた瞼《まぶた》の裏が真っ白になり、身体が硬直する。のぼりつめたのは間違いないが、精液を出したかどうかわからない。

確かめようにも、顔の下に敷いた腕は動かなかった。

それに、膝ががくがく震えて、下肢を支えきれない。

だが、夜刀は腰を落とすことを許さなかった。夜刀の肉棒の位置に合わせて両手で強引に腰を摑み上げ、律動をつづけている。

「ふっ、う……っ、あっ……」

「すげぇ、搾り取られちまいそうだ。でも、まだだ。もうちょっと我慢な」

「あー……、や、やぁ……っ」

「俺がいくまで動いていいって、言ったもんな？　我慢できるよな？」

「うぅ……んっ、んっ」

意味のある言葉は、相槌《あいづち》でも打てなかった。

身体が内側から熱く溶けて、痺《しび》れているようだった。

少しずつ感覚が戻ってくると、また新しい火花が散った。

肉襞をきゅっと締めると、肉棒の形がわかる。夜刀のそれは太く長く、先端はえらが張って、とても雄々しい形をしているのだ。

そして、鴇守が気持ちよく感じる場所を、熟知している。

「ここ、好きだろ？　何度でもいけばいい。お前の身体なら耐えられる。俺と抱き合えば抱き合うほどお前も変わる……」

「……？　ああっ、やだっ、いい……っ」

夜刀がなにか言っていたが、鴇守の耳には届かなかった。

突き入れが激しくなり、鴇守は唯一動かせる頭を振った。頂点までのぼり、少し下がってきたところを、また押し上げられる。

夜刀の先端が、奥まで届いていた。細かい動きで突かれ、捏《こ》ねまわされている。そうされるのも好きだった。

「んーっ！」

鴇守は歯を食いしばった。

これ以上いったら、気を失ってしまいそうだった。せめて夜刀が達するまでは、受け止めてあげたい。

そう思うのに、肉体が勝手に駆け上っていく。止めようがなかった。

「夜刀、や、と……っ、いく、いく……っ！」

引き絞られた肉筒のなかで、剛直が震え、熱いものが噴きだした。

夜刀もいったのだ。

身も心も満たされていきながら、鴇守の意識はふっと途切れた。


「んんっ、む……ぅ」

腹の奥が苦しくて、鴇守は呻きつつ目を開けた。

うつ伏せに寝ている身体の下は温かく、やけにしっとりしていた。毛布と同じくらい、肌に馴染んだ感触である。

「気がついたか？」

「……うん」

鴇守は頷いた。

ぼんやりしていたが、徐々に記憶がよみがえってきて、しっとりしたものが夜刀の身体で、腹が苦しいのは、まだ夜刀とつながっているからだとわかった。

夜刀は身体の上に乗せた鴇守の頭を、優しく撫でた。

「離れたくなかったから、入れたまんまだ。抜いてほしいか？」

「……ううん」

鴇守は首を横に振りながら、夜刀の胸元に頬をすり寄せた。

体内に収めた夜刀自身は、漲《みなぎ》っているというわけではないようだが、性交に充分な硬さは保っている。鴇守と違って、夜刀は一度しか射精していないのだ。

さっきので終わるはずがない。鴇守も、まだ頑張れそうだった。

限界を超えて気を失ったにもかかわらず、肉体は疲労を訴えてこない。それどころか、六道の辻に行く前よりも元気になり、気力が漲っている気がした。

いつだったか、同調の訓練をやりますと右恭に伝えた日の状態と似ているが、あのときとは少し違う。

夜刀への愛情が膨れ上がっていて、夜刀だけで満たされたい気がする。夜刀ともっと愛し合いたかったし、二人で愉悦の高みへのぼりつめたかった。

鴇守はのろのろと上体を起こした。

仰向けに寝た夜刀に、馬乗りで跨《また》がっている。見下ろした夜刀は、欲情を宿した目で鴇守を眩《まぶ》しげに見ていた。

強くて、知恵があって、格好いい。最高の使役鬼だ。図体は大きいのに甘えたで、嫉妬深いところもいい。

これを使役できるのは、鴇守だけだ。使いこなしてみせなければ。

いや、乗りこなすほうが先かもしれない。

「次は俺が動いてやる」

ベッドについた膝で自重を支えた鴇守は、夜刀に向かって嫣然《えんぜん》と微笑み、腰を上下に揺すり始めた。

夜刀は目を細めて、鴇守の動きを見つめている。

ぎこちなかった動きは、コツを摑めばどんどん滑らかになっていった。先ほど、夜刀が体内に残した精液が摩擦で泡立ち、ぐちゅっと淫《みだ》らな音を立てた。

「鴇守、すげぇ……。綺麗で、いやらしい」

感嘆の声が鴇守をさらに燃え上がらせる。

鴇守がいかに頑張って腰を振っても、夜刀が動くほど激しくはない。出したり入れたりするスピードも遅いが、それでも二人は充分に昂っていた。

夜刀の肉棒は鴇守のなかで大きく膨らみ、鴇守自身もすっかり勃起して、動きに合わせてゆらゆら揺れる。

夜刀が鴇守の陰茎に手を伸ばした。先端から零《こぼ》れる先走りを指で掬《すく》い、口に運んで舌で舐め取った。

「……美味《おい》しい？」

「ああ。舌が蕩けそうだ。お前の可愛いそれ、今日は一回もしゃぶってやってねぇな」

「……んんっ」

夜刀の口にすっぽり含まれ、舌で舐められ、しゃぶり尽くされるところを想像して、鴇守は小さく呻いた。

尻の孔もきゅっと締まる。

これみよがしに、夜刀は舌なめずりをした。

「あとで、しゃぶらせろよ。いったあとの、感じすぎてびくびくしてるお前を味わいたい」

鴇守は思わず、動きを止めて腰を捩った。収めた肉棒をへんなふうに締めつけてしまい、予想外の快感を得て、息を詰める。

「ふ……っ、い、やらし……こと、言われたら、動けなくなる……だろ」

夜刀の腹に手をつき、尻の力を抜きながら、鴇守は息も絶え絶えに文句を言った。

「大丈夫だ。俺が動くから」

夜刀が下から突き上げてきた。

「ああっ……うっ」

強烈な快感に貫かれ、鴇守の背筋がぴんと伸びた。

奥まで届いていた。串刺しにされているような圧迫感があり、それもまた快感のひとつに変わっていく。

「乳首も勃ってる。摘んで、つぶして、転がしてやらねぇと」

「だ、め……だっ」

胸元に伸ばされてきた夜刀の手首を、鴇守はぎゅっと摑んだ。

肉体は充分に高まり、蕩けきっている。このうえ、乳首にまで触れられたら、即座に達してしまう。

膝が震えて腰を上げることができない鴇守を、夜刀は勢いよく突き上げ、落とした。

「あっ、は……っ、あぁ……」

鴇守は目を閉じて、ひたすらに喘いだ。

バスルームでの交わりもよかったけれど、上に乗るこの体位もよかった。肉棒の擦れ具合や、当たる場所が違っていて、新鮮な気持ちになる。

肉と肉のぶつかり合う音が、徐々に激しくなっていく。鴇守のなかで、夜刀がいっそう硬く膨らんでいた。

鴇守も萎えた膝に力を入れて、なんとか動きを合わせる。

もう少しで、頂点に手が届く。

同時に達するまで、二人は卑猥な踊りをつづけた。

12

六道の辻から帰ってきて三日目の午後、鴇守は祖父を見舞うため、夜刀を連れて実家に行った。

祖父はすでに退院し、自宅療養となっていたのだ。

当面の接触を禁止して鴇守を庇ってくれた右恭に、先に確認を取ったところ、気になるなら見舞いに行ってもいいとの返事はもらっている。

日曜だったので、家族は全員揃《そろ》っていた。

勝元《かつもと》の厳しい再教育が効いたらしく、鴇守の顔を見るなり、母と祖母は安堵《あんど》で泣きだし、父は土下座せんばかりの勢いで謝罪した。

「ひどい言葉をぶつけて、すまなかった。父さんが思い違いをしていた。鬼使いの息子を持てるだけでも恵まれたことだったのに。父さんたちはお前を誇りに思っている」

やつれた顔で車椅子に座った祖父までもが、

「わしが悪かった。こうなったのはすべてわしの責任だ。鬼の怖さを忘れ、鬼を侮っていた。優れた鬼使いであるお前を責めるなど、愚かだった」

と頭を下げた。

みんなが寄ってたかって許しを請うので、鴇守は度胆を抜かれた。

『どうなってんだ。勝元の再教育ってえげつないな』

夜刀も眉を顰《ひそ》めて言った。

憑《つ》きものが落ちたというより、洗脳でもされたかのような変わりようだった。いや、矢背《やせ》一族は「鬼使い教」という宗教にも似たものに、心酔しているのかもしれない。

「俺に謝ることはないよ。混乱するのは当たり前だと思うし、俺はべつに怒っていません。おじいさまの具合はどうですか？　傷は痛みますか？」

祖父はまた涙ぐんだ。隣で祖母も目頭を押さえている。

「わしを気遣ってくれるとは、優しい孫を持って幸せだ……。もう少し体力が戻れば、リハビリを始めることになっとる」

あまりにしおらしいので、鴇守の胸が苦しくなった。

祖父は浅薄な考えによる軽率な行動で自らの足を失ったが、突きつめれば、鴇守と夜刀に端を発した襲撃事件だった。

俺たちのせいじゃない、という思いと、俺たちのせいだ、という思いがせめぎ合い、一時間ごとに比率が変わる。

被害者である祖父を前にすると、俺たちのせいだというほうに、天秤《てんびん》は大きく傾いた。

いっそ真実を告げて、祖父本人に断罪してほしいとも思う。

だが、打ち明ける勇気は、まだなかった。

「おじいさまが車椅子で動きやすいように、この家もバリアフリーにリフォームするつもりなの。今、見積もりを出してもらっているのよ」

母が茶と茶菓子をリビングのテーブルに運んできて言った。

器は六つずつ用意されている。

夜刀のぶんに決まっていた。

鴇守はソファに座っていながら、腰を抜かしそうになった。鴇守が五歳のときから、夜刀はこの家にいるが、食事を用意されたことは一度もなかった。

勝元の教育のせいではなく、右恭の札により、夜刀の姿を認識したのが原因だと思われた。家族はやっと鬼の存在を本当の意味で認めたのだ。

『なんだ、これ。もしかして俺のか？　見えてねぇくせに、なんでこんなことすんだよ。これで俺が湯呑《ゆのみ》を持ち上げて飲んだら、オカルト現象じゃねぇか』

夜刀が呆れて軽口を叩く。

ナーバスになっている家族を怖がらせないように、家にいる間は、できるだけ夜刀はいないものとしてふるまうと決めていた。

黙ってやりすごそうかと思ったが、どうしても我慢できなくて、鴇守は言った。

「……母さん。俺の鬼のぶんは、用意しなくていいよ」

「でも、今もいるんでしょ？　鴇守は本当はすごい鬼使いだったのね。母さんたち、知らなかったわ。四十センチの小鬼を使役してるって言ってたでしょう」

「……」

鴇守が曖昧《あいまい》に頷けば、父がしみじみと言った。

「ほんの少し見ただけだったが、感動したよ。大きくて強そうで、人間にそっくりだった。俺の理想の鬼だ。……あんな鬼を使役する鬼使いに生まれたかった」

それは、これまで抱いていた鴇守への妬《ねた》ましさが抜け落ちた、純粋なる感想だった。父の表情はとても穏やかだ。

「あなたの望みを、鴇守が叶《かな》えてくれたのよ。私たちの自慢の息子よ」

「自慢の孫ですよ、私たちにとってもね」

「今後も、優秀な鬼使いとして、矢背一族のために尽くしてくれ」

朗らかに、満足そうに笑い合う家族を見ていると、鴇守は泣きそうになった。

悔しいのか、腹が立つのか、悲しいのか、よくわからないが、どす黒い感情が胸に湧き起こって、渦巻いている。

いつの間にか、鴇守は彼らが望んだ息子像に合致していたらしい。強い鬼を使役し、本家の人間と対等につき合い、責任ある重大な仕事をこなす。

鴇守がもっともなりたくないと拒絶しつづけていたものだ。

勝手に期待し、勝手に失望し、そして勝手に満足している。鴇守の気持ちなど微塵《みじん》も考えていない。

鴇守は腰を上げた。

「……今日はこれから仕事があるので、帰ります。みんな身体に気をつけて、元気で過ごしてください」

なんとか笑顔を作ってそう言うと、家族は残念そうだったが、仕事なら引き止められないと素直に送りだしてくれた。

母などは、家の外まで見送りに来て、大きく手を振っていた。

まるで、普通の親子のように。

鴇守は手を振り返すことなく、足早にずんずん歩いた。

堪えていた涙が一気に溢れてきて、しゃくり上げた。ぽろぽろ流れる熱い滴を、無造作に手の甲で拭う。

「おい、鴇守。大丈夫か？　なんで泣いてるんだよ。病院であんなに怒鳴ったくせに、あいつらが手のひら返して、ちやほやしたからか？」

夜刀が心配して、鴇守の肩を抱いた。

手のひらを返されたくらいで怒りはしない。結局、家族とはわかり合えないままで、そのことに、鴇守しか気づいていないのが悲しかった。

彼らに理想の息子像があったように、鴇守にだって理想の家族像があった。

子どものころ、鬼が怖いと泣いて縋ったとき、「お母さんの後ろに隠れていなさい。怖い鬼はお父さんがやっつけてくれるからね」と優しく抱き締めてくれる母であってほしかった。

学校で苛められ、仲間外れにされて泣く息子を、「いつだって父さんはお前の味方だ」と守ってくれる父親であってほしかった。

最年少の鬼使いであることに過剰な期待を寄せず、「困ったことがあれば、相談しなさい」と、受け止めてくれる祖父母であってほしかった。

「ふっ……」

鴇守は泣きながら笑った。

ないものねだりにもほどがあると思ったのだ。

そして、夜刀に申し訳なくなった。鴇守が家族に求め、期待したものは、すべて夜刀からもらっている。

鴇守の人生に、不足しているものなどなにもないはずなのに、涙が止まらないなんて、夜刀の愛と誠実さを裏切っているようで情けない。

「泣くなよ、鴇守。泣くな。俺がいるじゃねぇか」

夜刀はいつの間にか人間の姿を取っていて、指先で鴇守の涙を何度も拭ってくれた。泣きやまない鴇守に困り果て、自分まで泣きそうな顔になっている。

鬼でさえ、これほど優しくふるまえるものを。

涙が止まったとき、家族について思い煩うのはやめにしようと、鴇守は決めた。

祖父が鬼に襲われたことを、忘れはしない。自分たちのせいだという罪悪感を抱えて、心で謝りながら一生生きる。

だが、そこで止める。

鴇守は鬼使いだ。鬼とともに生きることを宿命づけられた、鬼の末裔《まつえい》だった。


翌日、鴇守は会議なるものに参加するため、本家に向かった。

会議室には、正規《まさのり》、藤嗣《ふじつぐ》、季和、名前は知らないが夏至会で顔を合わせたことのある鬼使いが二人、そして、正規の隣に右恭に雰囲気が似通った壮年の男性がいた。

おそらく正規の修復師で、右恭の父親である隠塚《おんづか》三春《みはる》だと思われた。

全員が鴇守の親世代の年齢というそうそうたるメンバーを前にしても、鴇守は萎縮《いしゅく》していなかった。

本家にも通い慣れたという単純な理由と、六道の辻に行って数えきれないほどの鬼と戦ったことで、度胸が据わったのかもしれない。いろんなことが起こりすぎて、感覚が麻痺しているようにも感じた。

鴇守の隣には右恭がいた。もちろん、夜刀もいる。

議題は今回の鬼の襲撃事件について、だった。

右恭は滑らかな口調で、鬼たちが矢背一族を襲撃していたのは夜刀が原因だったが、夜刀自身は知らなかったことや、夜刀と鴇守の同調が成功して戦局が有利となり、障壁の修復がうまくいったことを報告した。

ほかの鬼使いたちも、それぞれが遂行した任務について報告し、注意点や問題点が提議され、議論がなされた。

鴇守はほとんど傍観者であり、意見を求められることもない代わりに、責められることもなかった。

一族の被害は甚大だったが、逆恨みした鬼たちが悪いと誰もがわかっている。

お前がもっと周囲に気を配っていれば防げたことだったのにと、鬼の夜刀に人間の都合を押しつけることは無意味であり、鴇守が鬼使いに生まれつき、夜刀を使役鬼に選んだ責任を問うのは、さらに無意味だった。

しかし、鬼使いたちはそのように納得できても、鬼使いでない血族たちに同じ理解を求めるのは難しい。

「真相は伏せるべきと判断する」

正規はそう決定した。

「六道の辻の障壁に亀裂が走り、鬼たちが大量に人間界に乗りこんできて人間を襲うという怪異な現象が起こったのだ。矢背一族は鬼の末裔だったため、鬼を惹《ひ》きつけてしまったのか、被害が大きかった。現在亀裂は修復し、鬼が新たに出てくることはない。人間界に潜み隠れている鬼たちがいれば、速やかに退治する。鴇守と鴇守の鬼については、口外無用。今回の件とは無関係とする」

反論の声はどこからもあがらなかった。

鴇守は目を伏せた。

胸にはもやもやするものがあったけれど、正規の決定に異を唱え、主張するべき自分の意見を持っていない。

「対外的には、鬼の存在は徹底的に隠せ。原因不明で押し通す。噂《うわさ》が流れたときの対処は、これまでどおりだ。出所を探り、速やかに消す」

正規はいったん区切り、

「鬼の襲撃によって犠牲になったものたちの冥福を祈る。また、死亡したものの家族や、怪我をしたものたちの支援は継続して行う。金銭的援助、カウンセラーの派遣など、長期の対応が可能なよう、窓口を設けて対策に当たるように」

と締めくくった。

「鴇守、お前たちはこちらに潜む鬼たちの残党処理に当たれ」

正規の声で、鴇守は我に返った。

「はい」

「同調に成功したと聞いたが、その後はどうだ」

「……芳《かんば》しくありません。修行の継続が必要です」

あれから何度か試してみたが、成功確率は一割程度だった。

だんだん、コツのようなものが摑めてきた気はしているので、精度を高めるのが今後の目標である。

答える鴇守と、隣にいる夜刀を、鬼使いたちがちらちら見ているのがわかった。

四十センチの小鬼の殻を破って以来、二メートル近くまで伸びた威風堂々とした体軀《たいく》を見せびらかしていた大鬼の夜刀が、全長七十センチの小鬼に縮んでいるからだ。

これは鴇守の我儘《わがまま》と、夜刀の我儘がぶつかり合った結果の折衷案である。

会議に参加しろと通達があったときに、鴇守は不意に、夜刀をほかの鬼使いに見せるのがいやになった。

夜刀は鬼のなかの鬼、鬼の王だ。どの鬼使いも、夜刀を見れば羨ましいと思い、見惚《みと》れてしまうに決まっている。

みんなそれぞれ、相思相愛の自分の使役鬼が一番だと言いながら、夜刀のような鬼を使役したいと一度は考えるだろう。

優越感はあるが、それ以上に不快だった。俺の夜刀は俺だけのものだから、じろじろ見ないでほしいのだ。

夜刀がほかの鬼に鴇守を見せたがらない気持ちが、やっとわかったとも言える。

そこで、鴇守は夜刀に、会議中はどこかに隠れるか、姿を消していろと命じたのだが、夜刀は鴇守のそばから絶対に離れないと頑《かたく》なだった。

二人は朝から晩まで、セックスをしている最中にもさんざっぱら言い争い、夜刀が小鬼の殻を被ることで決着したものの、鴇守の希望は四十センチ、夜刀の希望は一メートルと大きく食い違い、間を取って七十センチになった。

角の根元を両手で摑み、うんうん呻きながら脂汗を流し、必死で小型化する夜刀は実際、七十センチまで縮むのが限界のようだった。

見ていた鴇守も、可哀想になったほどだ。とはいえ、そこまででいいよ、と一メートルの時点で言ってはやれなかったのだけれど。

顔つきや体型は変わらず、二メートル弱をそっくりそのまま縮小した微妙な大きさの夜刀を、鬼使いたちが困惑の表情で見ている。うっとり見惚れられるよりはよほどましだ。

正規はさすが、無表情で無反応だった。

態度のぶれなさは、逆に夜刀が五メートルくらいに伸びても驚かないのではないかと思うほどの安定感である。

「そうか。今は己が才能を磨くときだ。右恭が助けになるだろう。励みなさい」

会議室にいるすべての人の目が、鴇守を見ていた。

疑惑、期待、興味、視線にはすべての意味が混ざっている。

「心血を注ぎます」

真っ直《ます》ぐに顔を上げ、鴇守は答えた。

会議は解散となり、正規たちが出ていくと、部屋には鴇守と夜刀、右恭が残った。鬼の爪による頬の傷は、消しゴムで消したみたいに綺麗に消えていた。

「心血を注いで修行に励んで、それからどうするつもりですか」

右恭の問いは、正規が訊《たず》ねたいことでもあっただろう。

正規は鴇守を当主にすることを諦《あきら》めてはいない。六道の辻での奮闘ぶりを知って、さらにその思いを強めたようだ。

しかし、猶予《ゆうよ》を与えてくれている。

後継者を待ち望む側として、本当は手っ取り早く、あれをやれこれをやれと次々にノルマを課し、強制的に階段を上らせたいのだろうが、鴇守の意思を尊重し、鴇守のペースに合わせてくれるつもりなのだ。

鴇守の歩みは遅いうえに、自分で納得した道でなければ歩けない。

弱虫のくせに頑固。それが鴇守である。

「……逃げるのを、やめることから始めようと思います。鬼使いの責任を果たすとか、当主になるとか、大きなことは言えません。千年つづいた矢背家は、生半可な決意で背負えるほど軽いものじゃありませんから」

軽くないのは、最初からわかっていた。

今は、その重みの本当の意味に気づき始めている。

矢背一族と一括《ひとくく》りにしても、一人一人、自分の人生を歩いている。

日々の生活があり、家族がいて、友達がいて、恋人がいて、将来の夢を持ち、老いも若きも男も女も楽しんだり悲しんだり、精一杯生きている。

一人一人に顔があり、顔の数だけドラマがある。

それらのすべてを背負う責任を考えただけで、肩が重くなった。背中が曲がって、地面ばかり見てしまう。

しかしそれは、逃げれば解決する問題ではなかった。

鴇守は考え考え、言った。

「俺はずっと、夜刀と二人でいいと思っていました。夜刀と二人でなら、なんでもできるし、幸せでした。二人の世界は穏やかで優しくて、閉じていて安全だったから。でも、今回の事件を経て、そこから一歩踏みだしてみようと思ったんです。もちろん、夜刀と一緒に」

夜刀は口を挟まずに、鴇守の言葉を聞いている。

「以前、右恭さんは鬼使いと使役鬼は主従関係であり、鬼使いは使役鬼の上に立って、しつけないといけないとおっしゃいました」

「ええ、私の考えはそうです」

「俺と夜刀は違います。それをお伝えしておきたくて。仕事をするとき、俺は夜刀に命令し、夜刀は俺の言うことに従うけど、あくまで立場は対等です。仕事以外のときは、完全に対等です。俺たちはただの鬼使いと使役鬼の関係じゃありません。……愛し合ってるんです。夜刀は鬼だから、人間とは違うふるまいをする。それが間違っていたら、俺は注意するし叱《しか》るけど、夜刀の意見も尊重して、歩み寄れる点を探します」

今までの鴇守は、右恭に怒られようがなにを言われようが、黙ってしまっていたけれど、ようやく自分の考えを言うことができた。今後、鴇守と夜刀の一番身近にいるだろう男には、二人の関係を知っていてもらいたい。

「歩み寄れなかったら？」

「とことんまで、話し合います。普通の鬼にはできなくても、夜刀ならそれができます。六道の辻で同調したとき、俺と夜刀は一心同体でした。俺たちは二人でひとつだとわかったんです。俺は夜刀がいないと生きていけないし、夜刀も同じ。代わりはいません。右恭さんの望む鬼使いと使役鬼ではないでしょうが、これが俺と夜刀なんです」

右恭が黙って鴇守を見つめているので、鴇守はまた口を開いた。

「なぜ矢背一族に、鬼使いに生まれたんだろう。鬼使いでなければ、べつの人生もあったのに、と考えることはやめました。俺は矢背の鬼使いです。夜刀を使役し、ともになにかを成しえることに喜びを感じる。時間がかかったけど、そう認めることができました。だから、矢背家についてもっと勉強し、鬼使いができて当たり前のことをこなし、とりあえず、自分にできることから始めて、着実に一歩ずつ進みたい。自分の道を」

「長い道になるでしょう。重くて苦しくて、笑うことすら忘れてしまう」

右恭の言葉に、鴇守は頷いた。

「わかっています。いえ、わかっている、つもりです。俺は出来がいいとは言えない鬼使いですから」

「私が知っているなかでは、最低ラインです。こんな鬼使いが生まれてくる時代になったのか、と愕然としたものです」

けちょんけちょんに貶《けな》されて、鴇守はうっかり噴きだしそうになった。

ムカッときたらしい夜刀が反論しようとして、反論できる材料がないことに気づいて困った顔をした挙句に、

「あー……、鴇守は可愛さの頂点を極めてるから、才能がなくても問題ないんだ。うん、問題ないからな？」

と鴇守を励ました。

夜刀に言いたいことはあったが、長くなりそうなので、鴇守はぐっと胸に収めた。

右恭は眼鏡をくいっと押し上げた。

「……いいでしょう。すべてを認めることはできませんが、あなたの決意は評価します。六道の辻ではあなたに助けられました。根性のない、弱々しい鬼使いが、よく頑張ったと思いますよ。今のあなたには、私が導くだけの価値がある。あなたが望むなら、協力しましょう」

「ありがとうございます」

鴇守はほっとして肩の力を抜いた。

「あなたは二十一歳、今から矢背家のすべてを学ぶには遅いですが、あなたが必要とする知識、経験は私が持っています。時間のロスは、そこで縮めましょう。修復師は鬼使いのものです。鬼使いのために存在する。あなたから寄せられる信頼に、私は応える。私はあなたを裏切らない。絶対に」

そう言って、右恭は部屋を出ていった。


鴇守は椅子に深く腰かけ、大きく深呼吸した。その膝に、夜刀が乗ってくる。

「ついに、言っちゃったよ。逃げないって決めたけど、怖いなぁ……」

「俺がいるから大丈夫だ」

「……うん、ありがとう」

頼もしい夜刀の頭を、鴇守はぐりぐり撫でた。

「前にも言ったけどよ、矢背で頑張るってことは、誰かを傷つけたり、お前が傷ついたりするってことだ。平気か？」

鴇守はゆるく頭を振って、否定した。

「平気じゃないと思うよ。逃げつづけていた自分の義務や責任について、ようやく考えられるようになったけど、だからって、即座に強くなるわけじゃない。そこは、お前と右恭さんに頼ろうと思ってる」

「あの眼鏡野郎にもかよ！　俺だけでいいじゃねぇか！」

「最優先はお前だよ。俺が愛していて、キスしたり抱き合ったりできるのは夜刀だけだから、夜刀も俺に協力してくれる？」

鴇守が小首を傾げてお願いしたら、夜刀は相好を崩した。

「任せとけ！　お前のためなら、なんでもしてやる」

「七十センチにだって、縮んでくれたし？」

「そうだ。お前が焼きもち焼くって言うなら、しょうがない。俺はお前だけの鬼だからな」

夜刀が白い牙《きば》を見せて笑う。

鴇守も微笑み返した。

進む道を決めたからか、とても晴れやかな気分だった。矢背で生きていくということを、鴇守は自分で作った殻にはめこみすぎていたように思う。

いやなこと、やりたくないことを拒否するにしても、鴇守には知識が足りなすぎた。

矢背鴇守という、鬼使いの基礎を作りたかった。まずは道場へ行って、同調の訓練を再開しなければ。

幸いなことに、六道の辻での戦闘の疲労は、肉体のどこにも残っていない。元気があり余って、ますます夜刀との房事に励んでいる。

今日からは、そのエネルギーを修行にまわすつもりだ。

二人は仲よく手をつなぎ、会議室を出た。


鬼の気配を感じて、右恭は顔を上げた。

「この俺を呼びだしやがって、なにか用か」

虚空から姿を現した鴇守の鬼が、不機嫌さを隠すことなく言った。

突きだされた手のなかには、丸まった紙片が握られている。右恭が指令に使った式神だ。

「話があるなら、さっさと言え。可愛い鴇守が眠ってるベッドに、一刻も早く潜りこみたいんだからよ」

な鬼である。

尊大な鬼だ。鴉守には犬のように従順だが、鴉守以外はすべてがクソだと思っている無慈悲
この鬼が愚かだったせいで、矢背一族がとばっちりを食らってしまった。問答無用で滅して
しまいたいほど、右恭は腹を立てている。

だが、これは鴉守の鬼だった。一人では立てない鴉守を、この鬼が支えている。

それがまた、忌々《いまいま》しい。

「お前は鴉守さんをどうするつもりだ」

右恭は単刀直入に訊いた。

「どうもしねぇよ。鴉守は鬼使いとして矢背で頑張るって言ってる。俺は鴉守を助ける。それだけだ」

「修復師の目を誤魔化《ごまか》せると思うな。——鴉守さんの身に、鬼の力が強く作用している。お前がなにかをしているんだ。鴉守さんに」

「言いがかりはよせよ。鴉守はなにも変わってない。いや、前向きに変わってはいるが、それは鴉守自身が成長したんだ。俺はなにもしてねぇよ」

鬼の言葉は正しかった。

今の鴉守におかしいところはひとつもない。成長はまっとうなもので、右恭からしても好ましい変化を見せた。

だが、同調の修行をすると言いに道場へ来た、あの大雨の日。

あの日から三日ほど、鴇守は明らかに異変を来《きた》しており、本来の鴇守とは違っていた。鴇守本人も、のちのちは自身の異常に気づいたようだが、なにが原因でああなったのかは、わからないらしい。

本人にも気づかれずに手を出せるのは、この鬼しかいない。

そして、鬼の愛情は深く、重く、濃い。人間を愛したら、すべてを手に入れようとする。

右恭は考えたすえの、己《おの》が推測をぶつけた。

「鴇守さんは人間だ。いずれ当主となって、矢背の頂点に立つ鬼使いだ。——勝手に鬼に変えられては困る」

「なにを言ってんのか、わかんねぇな」

うそぶく鬼は、認める気はないようだった。

認めたが最後、右恭はこの鬼を鬼封珠《おにふうじゅ》に封じようと考えていた。事務所に呼んだのは、ここなら場が結界となって、鬼を捕らえる檻《おり》になるからだ。

ようやく得た主《あるじ》を鬼に変えられて掠め取られるなど、断じて許せない。

滅してしまうわけではなく、鴇守への言い訳はどうとでもなる。

右恭の狙いはわかっているはずだが、言い逃れたら助かると思っているのか、自分の力に自信があるのか、鬼は飄々《ひょうひょう》としている。

この鬼の力は、右恭も認めざるを得なかった。

障壁に向かって修復の呪文を唱えていても、周囲の音や気配、なにが起こっているのかは把握している。鴇守の初めての同調が成功したのも、感じ取っていた。

鴇守もよくやったが、驚くべきはこの鬼だった。

同調とは、鬼の身体に鬼使いの思念を飛ばすことを言い、逆はない。遠見も遠隔指示も、鬼は鬼使いを受け入れるだけだ。

それが、鬼使いの肉体に思念を入りこませ、なおかつ、鬼使いに負担をかけずにその肉体を思いのままに操るなど、聞いたことがなかった。さらには、思念と一緒に、物体である大刀をテレポートさせた。

鴇守のそばにいるようになってからは、人肉など食らってはいないはずなのに、膨大で底なしの力が滾々《こんこん》と湧《わ》いているかのようだ。

鬼の王とは言い得て妙である。

「信頼し、愛している鬼が、自分に嘘《うそ》をつき、さらには忌み嫌っている鬼に変じさせようとしていると知ったら、鴇守さんは怒り、失望するだろう。鬼になんかなりたくないと泣き叫ぶ顔が見えるようだ。しかし、絶望することはない。私は鬼になりきっていない鴇守さんを、人間に引き戻す術を持っている」

鬼は不愉快そうに鼻の上に皺を寄せたが、すぐにニヤリと笑って牙を見せた。

「さすが、ストーカーの本領発揮ってか？　お前、本家で会う前から、俺たちをつけまわしてただろ？　紅葉狩りの庭園でも、鳥の式神を飛ばして俺たちを見てたんだ。あれ、あそこで鬼退治をしてた退魔師にも気づかれてたぞ」

「気づかれても、どうということはない。むしろ気づかなかったら、退魔師としてお粗末すぎる。それに、星合《ほしあい》の末裔ごときに調べがつくほど、矢背は甘くない」

ストーカー呼ばわりされて、右恭も眉間に皺を寄せた。

鴇守が鬼退治で成果を挙げるか、鬼使いの質を上げたいと申し出てきたら、右恭と鴇守は引き合わされる予定だった。

一ヶ月もかからないだろうと思っていたのに、この鬼が仕事をしないせいで、三ヶ月以上も待たされた。式神を飛ばして様子を見たくもなる。

右恭は自分だけの主が欲しかった。

父の三春が正規を得たように、命を懸けられる存在を切望した。それは修復師に生まれついたものの、業かもしれない。

鴇守は、右恭が命を懸けるにはあまりにも弱すぎた。

冷たく当たったのは、鴇守の弱さに腹を立てたのではなく、自分の命の懸けどころが得られなかった失望を八つ当たりしただけだった。

だが、彼は変わった。六道の辻で、右恭を守った。

『右恭さんを傷つけたな！　許さない！　お前たちの相手は俺だ。俺だけ見てろ、俺に来い、鬼どもめ！』

小気味いい鴇守の啖呵を思い出すと、右恭の胸は温かくなる。

鴇守の姿を目に映しはしなかったが、迸る覇気が彼を美しく、凛然と輝かせているのがわかった。

実際のところ、自分は死ぬかもしれないと右恭は覚悟していた。

鬼の数は多く、二進《にっち》も三進《さっち》もいかなくなったとき、鴇守の鬼は鴇守だけを連れて逃げだすと思ったからだ。

しかし、彼らはそうしなかった。

鴇守が踏みとどまってくれた。鴇守の気迫と決意に、鬼は逆らえなかったのだと思っている。

人々を守るために鬼を食い止め、命を懸けて右恭を守り抜こうとした鴇守のために、己のすべてをかけて尽くそうと、右恭は決めた。

鴇守は右恭を使えばいい。

矢背のために働きつつも、当主になりたくないというなら、それでもいい。人殺しの仕事も、したくないなら、右恭にそう言えばいい。

右恭はどんなことをしてでも、鴇守の望みを叶えてやるだろう。

それが、右恭の存在意義というものである。

鴇守が早くそれに気づいてくれればいい。今はまだ導く立場にあるが、彼に命じられ、彼のために働く日が待ち遠しかった。

「おい、もう帰るぜ。俺は俺の思うとおりにする。鴇守の幸せを一番に考えてるけど、でも、俺の幸せも追求しないとな。……鴇守は怒るかもしれない。でもあいつが最後に選ぶのは、この俺だ。それだけは絶対に、間違いない」

右恭と夜刀は睨《にら》み合った。

鴇守に夜刀がやろうとしていることを暴露しても、信じはしないだろう。信じたとして、俺を鬼にするなと鴇守が夜刀に命じて、夜刀は素直に聞くだろうか。

駄目だ。すべては、夜刀のさじ加減で決まるのだ。夜刀の力なら、一日で変化させることも可能に違いない。

人間が鬼に変わる。それは、古来からの鬼の伝承でも語られているように、意外なことでもありえないことでもない。

夜刀がその気になれば、鴇守には抵抗できず、鬼に化け始めた鴇守を人間に引き戻す右恭の術は、鴇守の協力なしには発動しない。人間に戻りたいという、強い気持ちが必要だ。

もし、夜刀にほだされてしまい、その気持ちが薄れたら。

右恭はなすすべもなく、手をこまねいて見ているしかないだろう。

やっと得た主を奪われないために、右恭はなんとか言葉を捻《ひね》りだした。

「気づいているかどうかは知らないが、鬼を惹きつける鴇守さんの力が、ずいぶん強くなっている。とくに、六道の辻では顕著だった」

「……」

鬼は不愉快そうに顔をしかめた。

「鬼の要素が強まっていることが原因だと、私は見ている」

「もしそうだとしても、俺がいる。俺が守るからどうとでもなる。鴇守が言ってたこと、お前も聞いただろ。俺と鴇守は二人でひとつだ。絶対に離れない。なにがあろうと」

自信に満ちた力強い言葉を残し、鬼は現れたとき同様、風のように消えた。

右恭は鬼が消えても、その空間を睨みつづけた。

夜刀が鴇守を鬼にするのが早いか、右恭が鴇守の信頼を勝ち取り、夜刀から切り離して人間に戻すのが早いか。

先行きはわからない。

だが、右恭に負ける気はなかった。

あとがき

こんにちは。「鬼の王と契れ」第2巻をお手に取ってくださり、ありがとうございます。

新キャラも出てきて（注・カッパのことではありません）、みそっかすの鴇守《ときもり》も少しは成長したでしょうか。

性的には大躍進を遂げて、夜刀《やと》のセクハラが霞《かす》むというか、逆に夜刀にセクハラしそうな勢いになってきました。

夜刀の引き締まった腹筋を通りすがりにペロンと撫でて、「色っぽい腹してるじゃないか」とか言って、夜刀が「腹筋はやめて！　触るならお尻にして！」とかノッてきて、さらに鴇守が「ベッドでたっぷり揉んでやるよ。お前の硬い尻をな」といやらしい目つきで返すやりとりを日常的に繰り返し、それをうっかり道場でもやってしまい、能面のような顔をした右恭《うきょう》に見られ、鴇守はマリアナ海溝より深く反省し、セクハラ行為を封印するのだった――的な流れがあってもおかしくないですよね。

セクハラじゃないけど、鴇守のお尻モミモミシーンをカラーで描いてくださった石田要《いしだかなめ》先生、ありがとうございました！　前作から引き続いての鴇守と夜刀はもちろん、私の頭の中を覗いたんじゃないかと思うくらいに右恭が右恭そのもので、悶え転がりました。

どのイラストも素敵だけど、シンクロ中の鴇守と夜刀が超格好よくて、額に入れて飾りたいです！　そして、ご迷惑をおかけして申し訳ございませんでした……。

それから、ご存じの方もいらっしゃると思いますが、前作の「鬼の王と契れ」のドラマＣＤが4月24日に発売されました。夜刀と鴇守、星合《ほしあい》、正規《まさのり》、紅要《こうよう》たちがしゃべってくれてます！　収録にも立ち会わせていただいて、そのときにはまだ今回の話を執筆中で、行き詰まることも多かったのですが、収録後は頭の中で鴇守や夜刀が声を持って動いてくれるようになり、ものすごく助けていただきました。

音楽や、戦闘シーン、色っぽいシーン、すべて素晴らしい仕上がりのドラマＣＤなので、ご興味がおありの方はぜひ聴いてみてください！　という宣伝です（笑）。

今回も、担当さまには言葉では言い尽くせないほどお世話になりました。

設定を盛りこむと自分でもこんがらがって、わけがわからなくなってしまい、おかしなところを指摘していただいたおかげで、この本が形になりました。時間がないなか（私のせいで）、三稿までやらせていただき、本当に感謝しています！

最後になりましたが、読者のみなさま、ここまで読んでくださってありがとうございました。

鴇守と夜刀はどうなるのか、右恭はどうするのか、あからさまに続きがあるような終わりなので（笑）、続編でお目にかかれましたら幸いです。

二〇一五年五月　　高尾《たかお》理《り》一《いち》

この本を読んでのご意見、ご感想を編集部までお寄せください。

《あて先》〒105－8055　東京都港区芝大門2－2－1　徳間書店　キャラ編集部気付
「鬼の王を呼べ」係

■初出一覧
鬼の王を呼べ……………書き下ろし

Chara
鬼の王を呼べ

2015年6月30日　初刷
著者　高尾理一
発行者　川田　修
発行所　株式会社徳間書店
〒105-8055　東京都港区芝大門2-2-1
電話　048-451-5960（販売部）
03-5403-4348（編集部）
振替　00140-0-44392
印刷・製本　株式会社廣済堂
カバー・口絵
デザイン　鈴木茜（バナナグローブスタジオ）

ISBN978-4-19-900798-9

【キャラ文庫】

キャラ文庫最新刊

鬼の王を呼べ　鬼の王と契れ2

高尾理一
イラスト✦石田 要

相棒で最強の鬼・夜刀《やと》と恋人になった鬼使いの鴇《とき》守《もり》。修復師・右恭《うきょう》の元で鬼退治の修行に励んでいたある日、一族が相次いで鬼に襲われてしまい!?

FLESH《フレッシュ》 & BLOOD《ブラッド》㉔

松岡なつき
イラスト✦彩

援軍が断たれたスペイン艦隊。動揺するシドーニア公が、ついにワイト島上陸作戦を開始！　ジェフリー達は、それを阻止するべく集結するが…!?

忘却の月に聞け

宮緒 葵
イラスト✦水名瀬雅良

病弱な母と離れ、義兄の青嗣《せいじ》と暮らす高校生の藍《あい》生《き》。義弟と知らず無理やり藍生を抱いてしまった青嗣だけれど、ある日、事故で記憶を失って…!?

千夜一夫　二重螺旋10

吉原理恵子
イラスト✦円陣闇丸

慶輔《けいすけ》を諦めきれず、ストーカーのように慶介を付け回し始める真山千里《まやまちさと》。一方、ますます尚人と仲を深めた従兄弟の零《れい》に、雅紀《まさき》は嫉妬を煽られて!?

輪廻の花～300年の片恋～

六青みつみ
イラスト✦みずかねりょう

前世の記憶を持ち、300年前の想い人を探す青年貴族のレイランド。ついに想い人と同じ顔の少年と出会うけれど、なぜかその双子の兄にも惹かれ!?

7月新刊のお知らせ

音理 雄　イラスト✦むとべりょう　[恋と銃と青春と(仮)]
凪良ゆう　イラスト✦草間さかえ　[ここで待ってる(仮)]
西野 花　イラスト✦北沢きょう　[淫の紋様(仮)]
鳩村衣杏　イラスト✦金ひかる　[センセイと呼ばないで(仮)]

7/25(土)発売予定

Tokimori, Yato
&
Ukyo
「鬼の王を呼べ」

夜刀がよく鴇守にするように、指をわきわきさせて揉んでみる。
引き締まった夜刀の尻は硬く、さほど楽しいものではなかったが、
夜刀は違ったらしい。
唇をもぎ離し、あー、とも、だー、ともつかない声で叫ぶと、
やおら鴇守の衣服を剥ぎ取り始めた。
「この小悪魔め！　卑猥な手つきで俺を弄びやがって……
くそっ、たまんねぇだろうが」
（本文 P.46 より）